秋辞

QiuCi

戴荣里 著

红旗出版社

图书在版编目(CIP)数据

秋辞 / 戴荣里著.
—北京：红旗出版社，2016.11
ISBN 978-7-5051-3943-5

Ⅰ．①秋… Ⅱ．①戴… Ⅲ．①散文集－中国－当代 Ⅳ．①I267
中国版本图书馆CIP数据核字(2016)第276553号

书　名　秋　辞
著　者　戴荣里
出品人　高海浩　　　　　　　　责任编辑　刘险涛　周艳玲
总监制　李仁国　　　　　　　　装帧设计　一　彦
内容配图　朱若奎　　　　　　　头像摄影　曹作兰
出版发行　红旗出版社　　　　　地　　址　北京市沙滩北街2号
邮政编码　100727　　　　　　　编辑部　010-57274526
E-mail　hongqi1608@126.com
发行部　010-57270296
印　刷　北京画中画印刷有限公司
开　本　710毫米×1000毫米　　　1/16
字　数　200千字　　　　　　　印　张　15.25
版　次　2016年12月北京第1版　2016年12月北京第1次印刷
ISBN 978-7-5051-3943-5　　　定　价　35.00元

欢迎品牌畅销图书项目合作　联系电话：010-57274627
凡购本书，如有缺页、倒页、脱页，本社发行部负责调换。

心　数

人是有心的动物，过心的事情越多，越会逼着一个人思考很多东西。

我从哪里来？要到哪里去？活着的意义在哪里？无数人的叩问我也都曾有过。

回家的路有多远，可以从百度上搜索出来，打印出来，连同公交、地铁票放在一起，每天的出行和回家就有了一种仪式感。

中午散步总会选择与以往不同的道路，中间变幻的路径给人新鲜感。喜欢一个人独步，没有打扰，没有督促，更没有指三说四的担忧。就一个人，最好别带手机，饭后独行。沿着残枝败柳的河岸，在高楼的逼仄中，越过一个地铁站口，看污水河里的青苔悠然自得，再越过一个地铁站口，新起的高楼叫幸福家园，狭窄的窗口透露出居室那受限制的幸福。路旁的民工在吃面条，碗底铺了一层塑料布，是店主对卫生的承诺与宣言。这样的食摊早年常见，在工地奔波时，饿了，烤地瓜也成为稀罕物。

坐上回家的地铁，一天的工作打烊了。感觉不到困，手机成为尤物。事实上，在近几年我形成了对手机的依赖，在无人督促时，观看手机上的信息成为习惯。微信是盗取时光的魔鬼，不知不觉一天就过去了，和女士聊天，有时会说恭维的话；和官者聊天，也会来几句逢迎；读小学的外甥为了诱惑舅舅发红包，也会貌似真诚地赞美你，这时你会感觉到整个世界的虚无。"微信行走"软件会真实记录一个人的行走步数，据说，有人会依据步数的相近性来侦探单位里情人的幽会次数，人类的每次技术创新总会延伸出意想不到的人文效果。我做过两次尝试，一次是上班不带手机，一次是周末不带手机。可终究难掩诱惑，回来打开手机时会被一大批消息所击溃。里面有指责、探究、询问、关心，有对雾霾的关注，也有对行车安全的追问；或者担心出了什么政治问题；也会错过论坛的消息和聚会的通知，甚而，久不相见的美女也会在你少有的关机时刻欣然相约，或因得不到及时回复而恼羞成怒。手机成了生活的支撑，生活成了手机随身带的理由。我真盼望手机就此绝迹于世，让我的心成为我自己的心，我的大脑成为我自己的大脑。

喜欢行走，喜欢在一个人的心境里行走。坐地铁经过北海站的时候，想到一个叫唐老鸭的人，他近年喜欢在微信上晒往年的采访活动，那一种真实反衬了指责者的可悲。乘坐地铁，总比开车自由，在地铁上，可以看书，可以欣赏美女、老人、弹琵琶的人，一位旅客的哈欠会让你想起摄影师的哈欠系列照，一位飙女的狂言大语也会让你对比起身边的事物。社会这部书有时很可爱，到处都可以读到有趣的东西。离开手机，离开汽车，这些感觉就会涌上来，一点一点，如山洞里的水，"叮咚、叮咚"滴下的声音好听，滴光刺你的那一瞬，也闪烁心火一样的光明。

书们静立在橱子里，等候你的检阅。其实，心中时刻知道自己拥有一批强大的队伍，那些成员静候在柜子里，随时听从你的调遣。但是，杂乱而无意义的安排总会窜上来，阻止你和它们亲近的机会。有时我听到书们的哭泣声，它们想拱出房门，和我说说话，说千奇百怪的话语，讲些形而上的感受，可是它们不能，我与它们只能隔桌相望，互相脉脉含情。

有脉脉含情的女人，在校园，在影剧院，或者奔波在生意场上。女人总是男人的折射平台，这个世界总是把男女之事解读成污秽的恶物。不怀好意的人喜欢观察别人的蛛丝马迹来推演一个人私生活是否检点，可很少关注一个生活中人内心真实的感受。微信撩拨人的欲望，让每个用户都可能沦落成隐私狂或者是谎话传播者。廉价的碎片信息像蚊蝇一样飞翔在周围，却常常被我们当做蜜蜂。我有时忽然看着某个消息就笑了，随后心就暗淡下来，有时真想大哭一场，可等深夜静下来，想一个人大哭一场时，才发现自己早已经没有了眼泪。

念着很多人的好。譬如散步时遇到的一个兄弟，他时常弯腰捡起一样东西，走近了，才知道这个兄弟原来发现有车被钉子扎破胎，就开始每天散步去马路上捡拾钉子，几个月下来，办公桌上的钉子已经有了好大一盒子。如果善心可以计量，这盒钉子也算一项最好的明证。我看到那摊钉子的同时，有些愣怔：我们每天完成的许多事情，有几件能顶得上这位同事所做小事的意义；我们习惯于理论的堆砌，可对生活中像钉子一样的问题却熟视无睹；我所追求的文学，哪篇文字拥有敢与钉子故事一样平凡而又闪光的东西？

别人对自己的好终究是要念着的。譬如友情、亲情、同学情、同事情。我在北京生存了六年时光，值得记忆的东西太多，值得感恩的人太多，值得仇恨的人几乎没有。这是无数人的好集聚起来所形成的应力场的最佳效果吧？无数的好人让我在这个城市里安静下来，安静成一个外表和善的老头，培养成一个很少读纸质书的读书人，修炼成一位波澜不惊的静观者。

并不是什么事都可以不管不问，这个世界还有许多需要我去关心的人和事，譬如文学。在念着别人好的同时，适度向社会奉献自己的善意的打算绝对是个好主意。文学是最好的通道，我选取了文学这个绣球，舞动生活的狮子——于是有了原生态文学院，吸引了近八十名学员。我对他们每个人保持敬意、良知和爱护的心态。也知道有些人为着沽名钓誉而来，也知道有些人只是匆匆看客，玩一下即走，即使那些沉淀下来的也并非都是金子，但他们对文学的优雅、痴迷足以让我感动。有时感觉不是我向学生们在传授文学，而是他们教会我如何优化人生。我力争让这个文学院成为更多人的精神后花园，不索求最终结果的优劣，而享受教学相长的愉悦过程。亲历此境的同学心中有数，我作为老师心中亦有数。

爱情总在更新着这个世界，犹如软件不时驱动着电脑花样翻新。夜宴时遇到年长我几岁的兄长，陈述他每次被孙女喊为爷爷时，都要感慨一番，不知不觉就老了。我没有计划让自己老死在北京，也没有计划在任何一个单位做

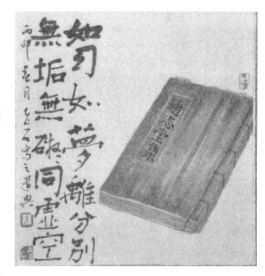

一辈子，但我不是一个城市或单位的叛徒，因为总有新鲜的寻求刺激着我，让我成为心中有数的行路人，去坦然地爱这个世界，爱周围的人，爱我自己，爱曾经爱我的男人和女人，甚而爱我

的敌人。尽管一生所得极少数的敌人，都是在被逼无奈遇到突破原则极限时所树立的，但他们的诸多可爱之处仍为我所敬仰。一个人要学会爱包含敌人在内的世界上的一切人。

好多该做的事情没有去做，却用一种貌似稳妥的姿态为自己寻找逃匿的路径。心的港湾是精密的，而背叛却是为了更大的忠诚。这个世界上，大慈善蕴含着大邪恶，大建设孕育着大破坏，大运动量孕育着大寂静。当众多人踏上寻亲觅宗的道路，我的眼睛却射向遥远的星空。那里给人希望、赠人黎明，那里躲藏着我的期盼与聆听。

我不知道我的追求最终结果会怎样，我知道我的生活充满了灵性；我不知道我的爱意坚持多久，我知道我的付出充满真诚；我不知道思想的高度到底有多高，我知道我每天在探究着思想者的旅程；我不知道我的身体最终会因某一疾病而亡，我知道用不着再用"微信行走"软件去炫耀每天的步行计程；我不知道我对"落寞"看好多久，我知道每天感受阳光和清风……

当香茗一杯沁脾享受，当石榴红籽牵出乡情，当脆皮萝卜宣誓着地域风景，我心中数念着过往，数念着友谊，数念着曾经的成功。心中好大一片海，洋溢开来，随同波纹展开，舒展而唯美。

当鲜花盛开，当美景涌来，当赞美出现，岁月的坎坷促使我理性地欣赏、默默地选择、零星地接受。这个世界，太多的诱惑，太多的批判，太多的陷阱。悖论的物体越来越多，我只有选择在无语中默数。为了保持心的清澈，很多事情只有埋在心灵深处才能生根、发芽。

靠心灵感知岁月，靠心灵记录过往，靠心灵洗涤心灵，靠心灵美化余生，这便是我此后要走的路。任何外在的最先进也无法取代内心深处的最薄弱，柔软地坚硬起来，执念地学会放下来，在快中学慢，在慢中寻求心灵的宁静，应该是我今后相当长一段时间的最佳选择。终究，这个世界需要禅意的感悟，而禅意从来无缘于喧嚣。心数就是心中有数，该做什么，不该做什么？要在心中反复问问自己。在人生的最后一个阶段，还是默念一切吧！

（2015 年 12 月 12 日星期六写于中国人民大学人文楼）

女 儿

有女儿的父亲是幸福的，有个顽皮女儿的父亲是能提升智慧的，倘若女儿再会出难题，父亲就需要做一个哲学家。我不是称职的父亲，但是幸福的父亲，因为我有一个女儿；我没能提升自己多少智慧，因为尽管女儿很顽皮，但我不接招，女儿拿我没奈何；对女儿出的难题，其实最好的作用在于，会让我勤快起来。家里有女儿，就好比有了一块试金石，随时可以检验做父亲的含金量。

女儿很少打电话来，即使打来也是那种程序性话语，有时还要口气严厉地说老爸几句，做爸爸的心里温暖，擎着电话听，生怕自己的声音招惹得女儿不说下去了。女儿撂下电话许久，我的手依然悬在半空，这不仅是衰老的迹象，也想让女儿的声音在空气中驻留一段时光。

和女儿朝夕相伴的日子不多，她小时候，在曲阜，孔子曾经生活过的地方。伊那时很爱我，我也很爱她，女儿的忽然到来暂时遮掩了许多尘世的分界和人性的变异，她的声音响彻在一个叫南泉村庄的上空，惊扰了冬天的飞鸟。在临近春节的时候，女儿是这个世界最美好的馈赠，她的声音赛过鞭炮声，遮蔽住天空鸟儿的飞鸣。

从此，我开始享受做父亲的幸福。

女儿咿呀学语和迈步想过门槛的时候，我还在工地上奔波做技术员。看到工程队里同事们的孩子，或者附近村庄里的儿童，慈爱的光会射出来，会把别人的儿女幻化成自己的孩子。做父亲的幸福不仅仅在于爱女儿，更在于懂得爱周边的世界。

伊在另一个单位上班，在室内工作；我在工地上上班，忙碌在田野里、荒郊外。有时伊带着女儿到工地，工地上的女人们搭起演戏的舞台，那时我会忽略伊，而领着女儿四处行走。女儿长得很快，超越同龄孩子许多，她很喜欢工程队的生活。显然女儿继承了我和伊各自的基因，难以想象在女儿的头脑里能装得下互相排斥的东西。有时感觉做父母的带女儿到这个世界上，缺少程序性的细化容易形成很多缺憾。工地上的奔跑是颠簸、辛苦的，所幸，女儿小，却满脸洋溢着灿烂的笑容。看到女儿那份无拘无束、天真烂漫的表情，我所有的辛苦荡然无存。

铁路工程队的工地像拴在铁路这根长藤上的瓜，女儿在她姥姥家转眼生活到六岁了。六岁的女儿已能独立乘火车抵达我和伊的工作地，无忧无愁的女儿爱把父母工作的地方当作游玩的圣地，在泰安那座小城单位所分得的房子一直空居着。女儿习惯了乡村生活、工地奔跑和火车站看人。在姥姥家、爸爸的工地和妈妈的车站，女儿的马尾巴小辫开始扎起来了，开始唱小儿歌了，又开始煞有介事地指挥爸爸妈妈做这做那了。

其实所有的男人女人在子女没有来到这个世界之前，都应该自问或者求教如何做爸爸和妈妈，只有这样孩子才不会一代又一代做教育的试验品。然而，所有走过的路无法再重新走过去。我是一位合格的读书人，但我不是一个优秀的父亲，我知道爱护自己的女儿，却不知道这种爱护对女儿的成长意味着什么。夫妻在没有明确怎么做父母之前，不要轻易地让孩子来到这个世界，而我最愧疚的是女儿的小学一直在曲阜就读。因为我和伊的工作各在一地，唯有曲阜是孩子相对温暖的港湾。而小学这段教育，是孩子最重要的一段时期。依稀记得当时女儿在村里总爱和孩子们一起骑车比赛。从汽车站到伊家这段路我爱选择步行，几个月难得回去一次，可时常能在路上看到女儿骑着自行车奔跑。当时她的身高还够不到自行车座位，只好在大梁下蹬着脚踏子，孩子的自娱能力很强，缺少更多管束的童年给女儿带来自由，但也使女儿的学习滞后了。

　　围绕着女儿的教育问题，我时常与伊发生争吵，或者说本来不同的生活观点在女儿教育问题上更形成尖锐的冲突。一个人的秉性受地域和家族的传承会很顽固，我和伊的分歧大致在女儿入了小学后开始逐渐多了起来，那或许就是七年之痒的开始。记得颇为温馨的一次，我与伊分歧甚大，小院里弥漫着伊的高嗓大音，伊的家人开始痛加指责我。或许出于羞涩，或许出于义愤，在某天下午，我选择了坚毅地离去。而女儿汪着泪，牵拉着我的手，随我一同出了门。在奔向汽车站的路上，所有的委屈与争吵，在女儿的小手牵拽下都变得毫无意义。那时，我感觉到做父亲的伟大，更感受到做父亲的幸福与温暖。

　　等我终于在泰安小城稳定下来，我决意尽快把女儿接到泰安上学。伊的一家开始近乎歇斯底里的反对，但最终念及孩子的未来，还是勉强同意了我的提议，终于拥有了每天可以见到女儿的时光。下班回家，看到女儿，心中说不出的愉悦，感觉到自己在这个世界上有了更多存在的意义。在工程段机关，一帮拥有女儿的同事会互相打趣，而我很少参与，我感觉女儿需要更多的牵挂，她的成长需要父亲更多的关爱，我对机关里那些作为女儿的青年和拥有女儿的同事则多了更多的亲切感。然而好景不长，很快我就去广州做项目经理了，离开山东，女儿是最放心不下的。那时和伊的观点分裂愈加厉害，幸福总是相互的过程，难以一厢情愿。现在回忆起来，是我耽误了伊。做人不可能把自己的观点加在别人身上，更何况多年养成的生活习惯。我在逃离与不舍的双重碾压下抵达广州，但却牵挂着女儿，无论现场多忙，总是在开家长会时及时飞回，但这样的努力只是形式，女儿的学习每况愈下，我在广州有时着急，有时则暗自流泪。回到泰安看到女儿，又不忍心训斥孩子。京沪高铁公司有位同事，为了孩子，选择放弃事业，我认为是正确的。假如让我重新选择，我会向他学习；我现在经常向一些好朋友建议，为了孩子，要舍得放弃个人名利。尽管这是经验之谈，但也含有做父亲的偏执。

　　磕磕绊绊过来了，与伊也走到了感情的悬崖。伊是个好人，我的性格与追求耽误了她的大半生；我从心底感谢她为我带来了女儿，一个混合着我们俩双重气质的孩子；我还感谢她对孩子生活细节的追踪，她对女儿的慈爱超过我许多。我和伊选择了互相放弃，但我们永远共同拥有对女儿的爱，女儿自应体会得到。

　　在北京俯首称臣地生活了几年，女儿也在北京读了大学；

如今孩子已到异地工作，电话维系着父女之情。我保存了女儿这些年发给我的所有邮件，包括孩子的喜怒哀乐；因为有一个需要牵挂的女儿，所以对世间的女人以及和女儿年龄相仿的孩子总持格外的宽容态度，这应是拥有女儿的父亲与其他男人所不同的感觉，有些情感只有埋藏着内心深处去体验。因为女儿，成全了父亲的人性感觉，应该是上帝的恩赐。我有时在散步时会感恩女儿，感恩给我送来女儿的伊人，感恩会增加爱的亮色。

这个世界不能缺少女儿，这或许是所有拥有女儿之爱的父亲最想说的话吧！

对 空

一个人无法走出家族的影子，以至于某位贪官的本家人不敢写全自己的复姓；戴家在中国算是大姓，辨别戴家人的基本特征在于方头大脸的形状，我从来没有因为与戴笠同姓而自惭形秽过。一个人的出身实在是无法选择。人来到这个世界，有明媒正娶的血脉传承，也有男女一时寻欢作乐遗留的情种。人的面容和血液一样的确不是人自己所能选择的。既然我们来到这个世界的原因种种，我们不可能追求获得同一种宿命。世间之所以存有那么多的修禅悟道者，就是因为各自宿命不同。

曾几何时，寻亲觅祖成为一股很难扑灭的风潮。人们喜欢用"忘记历史意味着背叛"的话来为自己的寻根行为攀附依据，姑且不说这句话正确与否，我倒是看见不少人假借家族的名义干一些不该做的勾当。这正如在老乡会上认识的老乡很难达到当初的情感期待一样，我学会逐渐远离这些活动。更多时间，我会对着意念中的祖先而祈祷。假如有一天我也离开了这个世界，我会告诉那些念想我的人，对着天空发一会儿呆想想我的过往就可以了。真正的思念是面对天空思考虚无的过程，那座物质化的坟茔以及无尽漂流骨灰的大海，都不足以让一个意念中的行者觳觫。让人心灵震颤的永远是那份无法全解的空明。

　　当一个人精神世界出现短路，他企图通过物质的满足来获得精神的解脱，所有富裕者的万千财富赶不上穷钓者的那份宁静。有一次回到故乡，我在远远的山峦上，看到蚂蚁似的物体在涌动，它们渐渐近了，由虚无变得真实。牧羊人的歌声和形象也渐渐清晰起来。走近了，才看清是我的本家兄弟，他的脸上挂着太阳的颜色，藏着地瓜叶的样子，甚至童年一起割草时的镰刀划痕也依稀保留着那时的形状。我恍惚被时光隧道拉回到童年，晃清一下双眼，他还是以前的他，而我却不是以前的我了。大地上大片的柿子树已经丢失，整个沙岭上，童年的风景已不在，闭上眼睛却感觉什么东西都不缺。牧羊哥哥好像泛起少时的微笑直瞪着我，还是那时的顽皮，嘴角的皱纹犹如晒瘪的红柿子；小羊儿挽在他手上，像极了他的孩子。我幻想着鳏寡一辈子的哥哥一定是把羊儿们当作了他的挚爱。他在一步步从山崖上走下来，慢慢地走近我。我看到了远古的祖先伴着虎狼生存的影像，我看到了先人们与大山为伴的自然。在牧羊哥哥又像是哭又像是笑的面容影响下，我的颜面早已无法控制，眼泪如大山褶皱里的溪水，怎么也无法停止，以至于我现在回忆书写这段文字时，仍然是满脸泪水；我背过大山而去，也希望背过牧羊哥哥而去，但面对的依然是大山、黄土和空明的天空。我仿佛看到历朝历代的族人蜂拥而来，在我眼前模糊成黢黑的文字，然后我回转头去，牧羊哥哥已经远去，我听到他低沉、幽咽的歌声，伴着羊儿们的哞哞叫声，犹如谢幕的挽歌，大山在太阳里渐渐阴暗下来，牧羊哥哥和那群羊儿最终隐没在大山深处，山于是成了山的样子，然后月亮升了起来。我迟迟不敢回家，父母已逝去，故居和村中众多石头屋子一样，在村子深处淹没成羊，我在村子外幽灵般徘徊；在戴家墓地，一圈又一圈地转悠。我没有回家，我感觉墓地就是家，事实上也是我最终的家；后来我很少回去祭奠父母。清明的时候，我会对着天空发呆，然后无声地流泪，父母的身影从泪花里映现出来，一如他们活着时那样亲切可感。每年这种仪式过后，我会有近半个月类似冬眠的感觉。梦会如约而至，分不清人间与地狱。生活中的一切在梦里会时常呈现，梦中会出现男人与女人，君子与小人，畜生与植物，有时会在某一天不约而至，仿真性体现了梦想与现实的完美统一。

如果有哪一天，我无缘由地流泪，一定会出现亲人伤亡的情形。所以，我对自己的哭泣十分节省，我相信人是有第六感觉的。父亲走的时候，一大早我在工地上无缘由地流泪，直到

中午时分电报拿在手上。此后的几次流泪，大多是亲人出了事故，惊人地灵验。我不知道别人怎么感觉，我时常在某一个黎明，把我所记忆的梦境，用非常简略的语言记下来。在某个黄昏，在容易忘却的时刻，一个清晰而熟悉的面孔会骤然出现在你面前，竟与梦中一模一样，眼泪流失不久的梦境则更准确。我想亲人间的心灵感应无非如此，人们习惯于把暂时不能解释的事情归结于迷信，我对此持保留意见。

酒色财气是一个人活于世间无法躲避的物质依托。喝酒的

并非好汉，戒酒的未必真纯，喝与不喝之间需要自我清醒。上半生的酒多伴着工作的威猛与对世间的肤浅理解，量大而无效；下半生的酒随着选择余地加大，有了柔韧有余的心情。酒喝与不喝，其实在自我运筹，没有任何人非让你成为酒的盟友。色是每个人都遇到的东西，作为一介文人，难以抵挡情感的诱惑，或者本身就是情感的俘虏，所以难免沉没于情感的泥潭而不能自拔。如果说喝酒更多地趋向于男性朋友，而色的周围却繁衍着更多女性的情感波澜。我无法选择文人与男人的情感界限。善良的渔网打捞起来的并非友情的游鱼，在昨天与今天之间，在今天与明天之间，男女之情永远都不是最可靠的桥梁。美丽的背后是丑陋，而在真诚的下面却暗藏着背叛的利剑。作为男人，作为以文字充饥的男人，理想化的追求时常被现实的污浊所掩盖。现实的雾霾总会遮掩真实的月亮。谈爱者最终为爱所伤，钟情者最终为情所误。当一切远去，文字的空明是许多琐碎记忆的沉淀，犹如一张成型的白纸，没有人知道它曾经沤烂的前世树皮和难以预测的来世浮华。越到人生的后半段，对男女之间的色情的理解就越超越了动物性的羁绊，而变成一种欣赏，一段雅聚，或者一腔真情。在工程队艰难的日子里，我曾经奢望某天能积攒成万元户，当万元盈满口袋，这个数字却失去了当初的意义。节衣缩食的痛苦经历就成了自我解嘲的幽默故事。财富是最懂得教育人的老师。当你不曾拥有时，恨不得抛弃了一切去执意追求；而当你真正拥有财富时，却发现自己失却了比财富更珍贵的东西。人活一口气，这话对吗？我对此深感怀疑。好多时候，我把一口气争过来了，时过境迁以后却发现这好像徒劳的游戏。很多气实际上是画地为牢的产物。生气原本就是气自己。别人做错了，你生气他也改变不过来；你做错了，生气则会让你错上加错。气这东西，随着岁月，还是越喘越匀溜的好。我在这个雾霾严重的城市，学会了轻松、安静地生活，不和任何人斗气，更不会和畜生生气，自然也不会跟随风摇曳的潇洒植物们生气。

人在世间走一遭，对着的从来不是实体。父母在你的眼中老去，他们变成你脑子中的慈祥与温暖；子女被你拉扯大，出门了，工作了，就变成问候或者邮件；朋友之间的亲切其实永远是酒桌以外的感觉；即使最亲密的男女朋友，最美好的感觉不是在性爱的多寡而是在心灵深处的共鸣。当故乡远去，大山远去，那群哞哞叫唤的羊群远去，我们面对的只是空明的黑或者白。在苍天与大地之间，在昨天与今天之间，在你与我之间，在情与爱之间，在肤浅与深刻之间，在执着与随意之间，你找不到你自己的分野在哪里。你看到的是一片混沌的空明，那空明才真正是你所要的，因为你想要什么，这空明里就有什么；你不想要什么，这空明就归还你所想要的空明。

天地之间的空明最后着实成了你的皈依，然后你才踏实地闭上了劳累一生的眼睛。

（2015 年 12 月 17 日星期四写于中国中铁建工集团）

开 车

　　二十世纪八十年代的铁路工程队，就是一个大舞台，生旦净末丑，诸角皆有。干工程辛苦，铁路工人在当时被看作铁饭碗。所以铁路工程队的人既有荣誉感，又能接地气，这是因为他们每天不能脱离劳动。在中国，劳动和劳动不一样，正式工和农民工不一样，这似乎不用明言。即使工人和工人也不一样。单就工种而言，那时就有不少大家眼热的工种。木工或钢筋工，那可是标准的技术活儿。当时流行着"紧瓦工、慢木工，吊儿郎当是电工"的顺口溜，我看见电工们自然是和女工们聊天最多的，也是颇能博得女工欢心的。在寒风刺骨的冬天，帐篷里的炉火温暖着电工和女工们的脸，电工眼睛里的火苗超过炉膛里喷射的火苗的温度，女工们被电工逗弄得哈哈大笑。我那时是青涩的，脸红着，在一旁偷听，休息时，喜欢往帐篷里钻。任何群体生活的所在，都会营造一个人的性格。在工程队掌握最先进工具的当是汽车司机了。那时选人公开，司机需要千挑万选，能当上司机则八面风光，比电工更受女工们青睐。在我参加铁路工作后至少十年的光景，司机一直是风光无限的，后来有了被选拔考大学的工人，司机势头渐减；

再后来，车多了起来，司机这个行当就不被大家青睐了。绰号"张半仙"的司机曾对此颇有怨言，我就对他说："人一生不能什么事情都占高枝，你早学了司机就占了先手，人家上大学就不要再眼红了。"张半仙就苦笑着不语，我曾有相当一段时间向往开车，因为与我一同入路的同事有两个去学开车了。我羡慕这个行当的原因，一是避免了直接和水泥、砂子、石子打交道，再就是做司机，经多见广，开车兜风，自然别有一番风味。然而，这种机会在单位很难能轮到我，学司机的人大多要有背景，我无法攀比；眼见女工们被司机兄弟一个个娶走，在工地上栉风沐雨的同伴们，只能望洋兴叹。那一年，我处在这种情形下，有许多稀奇古怪的想法。同年夏天，我终于考上大学走了。

等我学成归来，我发现我还没有走出电工、司机情结。有一年，经常随我奔波工地的司机朱娃子，说起工程队往事，这个青年时代享受过女工青睐的司机唾沫四溅，大讲辉煌历史。有次我问他，什么样算幸福生活？他不无粗野地回答我"上有吃的，下有 × 的"，看我一脸惊愕，他却笑得十分促狭。那时经常与他一起到附近村里去联系征地拆迁，他接地气的言行的确帮助我很多。朱娃子是典型的能吃能喝能忽悠的山东汉子，小眼睛整天笑成一条缝，附近的村长都喜欢他。有时我和村长们闹崩了，他在中间调停得当，十事九成。离开原单位许久，我时常想起他。坐他的车，就是一种享受，车开到哪里，笑声就到哪里。一路颠簸一路欢快，朱娃子肚子里的话绝对超过北京的的士司机，雅俗共赏，人人敬仰。有领导也曾在车上批评过他，这家伙会冷不丁地立马来个急刹车，给领导一个愣怔。在山东，摸爬滚打的兄弟后来走上领导岗位，感情依然浓厚，官兵并无明确界限。这也让朱娃子常常以长兄自居。后来到北京，看到那么多壁垒，才知道朱娃子营造的幸福多么可贵。可惜，我走后不久，朱娃子就死了，不知道他到上帝那儿，还敢不敢与上帝开玩笑？我和朱娃子在一起时，他有个强烈愿望，就是要教我学开车。可我今天说学，明天说学，一直拖了几年，和朱娃子分手时，也没摸过他一直摸得油光瓦亮的方向盘，现在感觉十分遗憾。就像整天听朱娃子的笑话，却一直没走到朱娃子的心里去一样。有时生活就是这样，两个工作离得很近的人，思想却很远。

学开车对我不仅是掌握技术的需要，或许更有点当初对司机的向往心理苛求补偿的心理在作怪。所以后来离开原单位到别处去，学开车的欲望还是有的。在济南和青岛，我曾两次报名学习，可因工作紧张，没能如愿；后来到广州工作，又报名学习，也是三天打鱼两天晒网，没能学成。第二次进驻广州，在顺德，有幸得到交警阿涛的帮助，他隔三岔五教我学车。顺德的天，说来雨就来雨，在夜雨中学车，开始经常把油门当刹车，有两次差点撞到电线杆上，把阿涛吓得脸色煞白。阿涛是当地人，标准的顺德腔，现在每逢过年，我都要给这个朋友去电话，没有他的冒险，不会有我今天的行车安全。

到北京工作后买了辆车，第一次开，从良乡到人民大学大约二三十公里的路程，因为不会开车灯，夜里我竟然摸着黑开到那里，紧张的气氛应该不亚于第一次做贼。现在想起来都害怕。

开车是需要经过吃苦头才能长记性的事，要不教官或者老司机的提醒你会当耳旁风。有一年，我开车从北京往山东赶，脑子里缺少更多行车规矩，车速开到一百八，一路可谓十分潇洒。车到泰安，在过铁路道口时，也没有减速。哪知一向平整的道口是悬空的，我的车嵌顿在那里，三个气囊全爆开了。人从车里出来，整个脸是黑的。远处围观的人以为我彻底完了，看我没事人一样从车里出来，大多唏嘘不已。这次事故之后，我学会了开慢车。这一妙招在车乱如麻的北京城，对行车安全还算奏效。

如果乘坐地铁，从家到单位的路至少要一个半小时，开车正常行驶则只需半小时。所以车成了上班路上的好伙伴。为了避免堵车，每天一大早，我会在睡眼朦胧中起床，然后开车上路。伴随着悠扬的音乐，我的心境好起来；路过最近的公交车站，我看到很多人拥挤在寒风中等候车辆，我的心会一紧，有多少和我当年一样年轻的兄弟，为了生活每日奔波着。我不知道他们是否像我当年羡慕电工或者司机一样羡慕别人，我感觉一个人活着，在不同年龄段，在不同的环境里，对生活的渴望是不一样的。在成长阶段，怀揣希望攒足劲儿往前冲固然可嘉，而在收获期，能回望历史、保持高度的冷静则更

难能可贵。早晨的新闻联播照例是要听的，除了车儿限行时需要早起，一般会误了新闻联播之外，傍晚归途中的音乐则成为安顿一天疲劳的最好补药。有时一个人开车到远山近水，车与你浑然一体，俯瞰或者仰望都有别样的景致。作为拥有牛人最多的国内城市，你需要给你的眼睛让渡出打量世界的时间，我们太容易在一个号称强大的城市里迷失自己了。

开车最大的一个好处在于你能在等待中学会忍耐，在忍耐中学会宽容；在磕碰中学会反省，在穿梭中学会淡定。开车有

时是一种修养,新手不一定出事,老江湖却会伤得很惨。在路上,交规你要遵守,灵活性更要拥有。要让车在城市里像鱼儿一样自由,又不至于出现事故,是需要驾驶者随时随地的灵性感悟的,更需要入乡随俗的适应能力。

开车的伦理其实是做人伦理的折射和放大。有一次在北海,晚宴后开车出来,一个人远远地倒在车前面,我没有言语,掏给他几百元后走人,我知道这是优雅的碰瓷人,我不能让他坏了我的心境;平时在路上,无论是我剐蹭了别人还是别人剐蹭了我,我都会通过掏钱的方式解决,尽管我也买了保险,我并非是有钱人,但想到那么多会因为我而拥堵甚至发生碰撞的车辆,想到珍贵的时间就会在争吵中走失,我宁愿花钱买来安宁与时间。钱通过辛苦可以挣得,而时间、安宁与尊严却会稍纵即逝。

有一次与朋友去看电影,开车离去时感觉车碰了一下什么,当时没有下车。后来一位车主找上门来,才知当时撞碰了人家的车。由于承认错误态度十分诚恳,车主原谅了我,后来我们还成了好朋友;我的车有次停在家门口被人剐蹭,第二天一早发现车窗边夹有纸片,上面写着肇事者的电话,心头惶然一热,并没有去打那个电话。还有一次,我的车停在公共车道上,影响了路人的行走,被人在前车窗上放了干大便,那天晚上下雪,干大便在晨曦雪光映照下,时隐时现,我感觉那就是社会的良心,从此停车总要左看右看一番,生怕耽误了别人的行走。

开车在大路上行走成为无法躲避的生活习惯,更多时候我喜欢抛开汽车而独立行走。在城市里穿梭,这种想法是理想化的状态,有时意味着一种可笑。为了生存,我们无法选择行走的方式,而在某种行走方式的束缚下,我们更渴望属于我们的畅快与自由。地铁出行是一种解脱,但甩开双臂的行走则更意味着生活的丰富。我渴望一个人沿着名山大川的纹路去做一次无与伦比的行走，只是这种行走很难在当下实现，很可能要拖延到在退休之后去有规模地实现，不知道那时的我是否还能有气力去完成这原本十分普通的愿望吗？有时想想这些，就匆然去看桌子上的汽车钥匙，窗外，传来大路上汽车的鸣叫声，我摇摇头，无奈地笑了。

（2015 年 12 月 18 日星期五于中铁建工集团）

走不出的村庄

在京城生活总有种感觉，除了让人心烦的雾霾，似乎都熟悉。那种生疏的熟悉，见过的熟悉，熟悉的熟悉，都可能随时钻出来，荡出来，跳起来。譬如那条昆玉河吧，也是故乡村西河的形状，只不过家乡的河冬天的冰没有那么厚实罢了。电视里咧嘴笑的男人和女人与村里田间干活的男人与女人并无二致。偶遇京痞儿，也长得和村中三秃子的样子，把皇城高楼比作乡下的高屋吧，长城也只不过就是沙岭上的那道黑岗子。风吹过来的时候，树叶沙沙响，像极了在山林间行走的感觉。地铁上打电话的女人，不厌其烦地与女儿交代怎么做饭，声音像极了喜欢高声喊叫的本村高家二嫂；即使在高级酒店里，男人们狂欢的声音也极似故乡河沟里洗澡的男人们的尖叫，感觉皇都仅仅是换了道具一样。京城是放大的村庄，到处都可以找到或隐或现的村人和房屋；村庄是浓缩的京城，某处格局，某个情形，某人讲话，放大了就是一处社区，一种政治，一段报告。村庄有时在城市里哭泣，城市有时在村庄里大笑着。城市和故乡，是一本书的两个版本，装帧外观不一样，但内容却基本相同。

在北京城里生活，有时哭笑不得，就如在故乡，有时一天不说话却感觉时时在呼喊一样。新发地总是捎来故乡的气息，譬如煎饼，还有地瓜，或者八宝豆豉。在没有一个人认识你的逼仄空间，深夜也会有来自小村庄里的电话，声音是那种原版的乡土气息，亲切中含有命令的口气；你缩紧了脖子，被子滑落在床下，摸被时忽然惊恐到意识到这也是多年不见的同学用自家喂养的蚕茧制作出来的蚕丝被；手头碰到一本书，却也清晰地写着《苍山文学》，一副铁骨铮铮，敢与《当代》试比高的气势。只好翻开来看看，好多熟悉的人物、故事和村庄的影子，依稀刚从某个讨论会上走出来。在北京城里生存，常年不断的论坛和会议，就像乡间无法中断的集市一样，叽叽喳喳，充斥着难辨高下的争吵，断断续续的缠绵，或者没有结局的结局。

车自然是分档的，这和故乡并无区别，过去是，现在是，将来也是。总是有牛人傲立村头，旁边有车，或大或小。山野里的政治缺少了案牍的规矩，口口相传的历史成了村人政治的美好表达。只不过到了北京城，这样的鸟人依然很多。乡村的厚脸皮跑到北京成了政客，能说会道的演绎成商人，还有大学讲堂里的教授，街头撒小广告的妇女，你都能找到故乡人变异的影子；就是那位在电视里讲话的大人物，你在乡下很小很小的时候就见过不止一次，他说话的声调和表情，几乎没有任何变化，变得只是衣服的颜色。

理发的地方北京很多，可我发直，只能找会理短发的。学校里有个理发师，人瘦眼小，可能从乡下来，会理短发，见客人摁头就洗。我一再声明我不用任何洗发精，可他经常忘记；水我是要凉的，他却每次都是先热水后凉水，以致我感冒了好几次。不过，我还是愿意找他，因为他理发的程序和大爷一样，抚摸额头的样子既润贴又自然，理发时探寻你的口气也像大爷。不同的是，每次理发毕，我都要付给他钱。而大爷少时给我理发，每次理完，我会从大爷的钱筐里顺走一些钱，有个会理发的大爷真好！大爷前年去世了，学校里的理发师让我感觉到大爷还在。每次去理发，我喜欢理发室门前的大槐树。大爷家门前也有大槐树，大爷年轻时上树摘槐花摔断了腿，干不了农活了，只好去理发。大爷转悠着伤腿，一圈又一圈，驴拉磨一样，不同的是，驴就是大爷一个，磨却常换，每天一二十个，大爷靠手艺挣工分养活自己。

京城有大大小小的单位，村里过去有生产队，现在有联合体和互助组，还有以血缘为纽带的家族体系。村中不乏靠诅咒别人为生的人，也有愿意整天做被诅咒的事的人。皇城也如此，有些官者从来做的事就是被诅咒的事。村里有牵线搭桥的人，城里有婚庆公司和公关公司。在村里，每个时代总有一些垃圾人，城里也是如此；村中无法庭，对不端行为总有骂街的老妇女和街谈巷议者予以道德谴责，这有些像城里的报纸和自媒体。村里几乎每年会有自杀者，村人不屑的眼光比子弹还毒，有人就在这种眼光中自杀。当然也有乱伦者肆无忌惮，其脸皮之厚，像极了皇都的贪官。

北京城的确不大，大不过故乡那个小山村。皇都的每处标志性建筑，都能从我少时成长的那个小村里找到相应的对照物。甚至东西向的长安街也和流井村的主干道相同。这常让我产生出本不该有的很多联想。乡是城里的乡，城还是乡下人的城。在乡下看城，有向往之情；在城里看乡下，有亲切之感！

皇都的聚会很多，犹如乡下的走亲串门；若是文化人聚会，总要拿出书画和著作互赠对方，还要在扉页上写下自谦的话，很像在村里，各家拿出得意的农产品奉送给邻居，不过，农人很少自谦，也少自大，话说得实在，食物吃得放心，自产自销，偶送亲友，用不着什么包装，皇都文化人比不上，尽管他们代表文化。

有时一个人在北京家里，满眼都是故乡。麦饭石的罐盆，是做物流的同族兄弟从故乡拿来的；甚至泰山石的形状也是听取了同村兄弟的建议。吃的油也是老家弟弟送来的；老乡聚会很少参加，但几乎每天都会遇到故乡人，村里的人和事就会在口头上繁衍开来。地铁里有家乡话，论坛也会见到故乡人。

在当今信息时代，地球变成了一个村，也让一个村，一个带着童年记忆符号的村庄始终追随着你！让你永远无法走出来，村庄的气息是温暖的气息，故乡人的心性是质朴的心性。尽管生活给了一个漂流者更多的磨难，走不出去的村庄却赠予我对比的美感和永远的情怀。故乡的人和事不仅仅是轮廓和历史，更是借鉴和警醒。我喜欢这种感觉，品味这种感觉，珍惜这种感觉。在京城生活有这种感觉陪伴，尽管有时多了些羁绊，但更多时间怎会让你体会到一种释放的幸福，一份自由的亲切，一次带着故乡长途旅游的美好过程。所以，我一直在走不出的村庄里活着，也许有一天会活成地主，那可是很好玩的事儿。

（2015 年 9 月 7 日于北京地铁九号线）

散步之忆

其实十六岁之前不知道闲逛就是散步，那时在河边，在山上，在田野里，好玩的地方多的是——摸鱼儿、摘桃子、烤红薯，大约就这些吧。操场上的歌声、星期日的篮球锻炼或者在高高的树上摔下来，都会给童年的闲逛抹上一点奇异的色彩。电影自然是要一个村一个村追寻着去看，从邻村或者邻村的邻村回来，不是散步也是散步；冬日里，娘挑着两篮子花生米，到隔一个村的山坳里去打油，路上脚磨出了泡，还要坚持一边走着，一边听娘和同村的大嫂讲古；夜晚就着月光回来，大地上撒着冬天的暗霜，这种散步有些惊心，我会不由自主地依偎着娘；春天里，沿着荠菜的印迹一路小跑地去剜下来，也算是一种散步吧！后院二大娘的三个儿子，大江、小房、金洲，是少时剜苦菜必不可少的伙伴，那时我们两家在村北口外，离连片的村庄还有一点距离，而今我们两家却成了村子中心。去年夜里做梦，和三位兄弟一起散步，醒来一想，二大娘一家，余下的就只有二弟了。三个兄弟都比我小，想必最聪明的大江也会在地下挂念我这个大哥吧！二大娘姓陈，属于村里的少数姓，二大爷在的时候，会领着我在山岭上散步，他常说起文革里好多故事，说起一个老乡亲斗地主，说那地主自己吃糠咽菜，给他白面馒头吃，说得台下哄然大笑。那时的散步有趣儿，自然而朴素，是苦涩生活的一部分，但不叫散步，也不叫北京的遛弯儿，就是在田野里、山岭上转悠。老人和小伙伴们眼里所闪烁的狡黠的光芒，我至今都还记得。而今一起散步的小伙伴却死去的死去、分散的分散，再难一起共叙少时的经历了。

到泰山脚下工作时才知道什么叫散步。说起来那时的散步不是锻炼，是胡乱找乐子，或者说叫逞能。在泰山脚下的铁路工程队，我度过了两年的劳作时光。本来一天累得很，却总会在下班后，洗刷干净，去周边的田野散步，那时山枣花儿开了，一处田垄又一处土丘，闻起来很香，景色能舒展筋骨，溪水是最好的语言，掬一捧盛在手中，喝下去十分甘甜；新浇筑好的硬化面上是纺

织女工们最喜欢行走的路，每当穿大喇叭裤的纺织女工骑车从工地上经过，年轻工友们惊叫的声音会给散步的我们带来另一种话题。那时毕竟青涩，看女工们的眼神都不敢直视，遇到惊艳者，心儿还会突突地跳。去年回泰城，见到当年嫁给工友的美女已翩然白发，好像散步未完，一场好戏就收场了。在泰安生活惬意的时光，当属成家以后在机关工作的几年，周末里，一个人拿着安全网改制的吊床，背着收音机，在漫山遍野里闲

逛，那样的散步是一种物我两忘的潇洒感觉。慢慢上山，细心品山，缓缓下山，步子是自己掌握，眼睛是自己说了算。可以和石头说话，大石头，小石头，还有那些嵌在石缝里的石头；也可以与树们闲聊，说你的心事，说你的过往，说你喜欢的一个人，说你憎恶的一个事件；泰山上自然是有松鼠的，可惜好多登山人无缘见到，只有能静下心来，懂得慢也是一种进步的散步人才能经常观赏得到。是夏天的河水湍急成一束束浪花，是茂密的叶子遮挡住亲吻书本的阳光，在泰山上散步，你会感觉到泰山的气场的确不同于其他的山。我感谢这座山峰陪伴了我足足二十年的时光，和家乡的山不同，泰山丰厚、沉实、丰富，吐纳自然；和外面我后来见到的山也不同，泰山不枝不蔓、有条不紊、山多高水多深，一点也不招摇。在北京生活的日子里，困于雾霾严重和交通不便，很少到周边山区游玩。感念泰山的时候，我会把昔日的日记找出来，一点点地品读昔日在泰山上散步的感受。时光重新在散步中舒展开来，松鼠与山鸡、蝉鸣与溪水、悬崖与茅草，还有青松、小螃蟹，偶尔可见山中相约的年轻伴侣在一块洁白的巨石上拥吻，天干净、人干净、石头干净，连呼吸的空气也干净。大美意境中的散步会让人忘却尘世，在攀爬至山顶的时候，上天会赐你一块十几个足球场还大的平地，这是围绕泰山的诸峰景色最为别致的一点，因为在这里几乎人迹罕至，百分之九十九的游人习惯于攀登铺好台阶的山，可那样的风景都被大家看俗了、说惯了、写透了，只有这样人迹罕至的山顶才是属于一个真正的散步人的。如果你有雅兴，可以脱得一丝不挂，感觉山风就是醉人的河水，青草就是撩拨你的美丽游鱼，你在山峰上行走、奔跑、跳跃、呼喊，或者大笑、哭泣、读诗，这样的感觉有着惊人的回馈力。它给你自然之美，给你自信之力，给你自由之身。你感觉大自然真好，没有羁绊和名利之扰的散步真好。等夕阳西下，几朵白云悬挂在天空，像是在召唤你的旗帜，你整个人都会沉醉在这唯美的境地。你会快步跑上悬崖，你会尽情地喊山："哎吆——吆"，远山次第回应"哎吆——吆"，那样的散步足以让你在甜蜜的睡梦中成为一名驰骋天空的骑手。散步的意境只有在空无一人的泰山上才能达到前所未有的化境。

泉城有值得回忆的温柔田埂，在京沪高速公司工作的几年，我喜欢沿着高铁规划线路快速地行走，一则因为工作需要，再则因为写作的爱好。在沧州到徐州四百六十二公里线路上，我印象中洒下了无数行走的汗水。散步是一种工作方式，在散步中你感受村庄、山川与河流，你会与村长交流，与农民握手，你会聆听到最动听的方言，也会采集到最恶劣的诅咒。在高铁工作三年，是散步的三年，也是丰富创作宝库的三年。从形形色色的各级官员，到沿线村庄的风俗民情，由穿山跨河的流动跌宕，到脚踩软土的惬意清香，这绵长的铁路线，分明是人生路上最值得称颂的一段故事，我静默，我聆听，我参与，我融入，三年是一段刻骨铭心的经历，脚磨破了再愈合，心被伤了，再自疗，承受与宽容，正义与邪恶，坚硬与柔软，铁血与温馨，这是散步的三年，也是汇聚底蕴的三年。有了三年的散步史，足可以看透世事万象；有了三年的散步技能，绝不怕各类险滩恶石；有了三年的散步体验，你会知道怎样去怜惜一个弱者，怎样去对付一个强盗。这三年的散步对体能是个训练，对生活是个填充，对写作是个丰富，虽累犹乐，虽苦犹福。这三年是我日记记得最多的三年，也是技术与文学长进最快的三年。感谢京沪高铁这一宏伟的工程给我提供了工作就是散步的机会。

到了北京，与伊的接触促生了我读博士的念头。人民大学的校园里有了我散步的可能性。在这里，投身大师门下研究学问，与其他博士同学接触砥砺心志。人民大学校园里的一切看起来让人欣喜，催人联想。东门的外语角曾是我光顾的地方，一勺池的水光不足以留下更多的念想，图书馆和国学院门前的竹子还是值得留影的所在，甚至理发我也要选择在人民大学东门里的理发室，因为理发时理发师傅会给你讲起很多校园里的故事。别人读博士三年就走了，而我在这个校园里度过了近六年的时光。我熟悉每一处楼房，了解每一段路程，甚至关心每一位与人大有关的事宜，人大已经融入了我的骨髓。我在人民大学里行走，能感受到青春的力量、学术的榜样，能闻到书香，品尝到水穿石咖啡的味道，享受天使食府的佳肴和汇贤聚会的快乐时光。在人民大学里散步，有回到故乡的亲切，有在家中徜徉的毫不设防，有师兄的脸色，老师们的微笑，还有各类怪石、古树、雕像。人大虽小，但最适合一个人静静地去散步，周末书市是最好的去处，我的书架上好多书带有我散步时的气息，我能回忆起来哪本书是我和哪位同学一起散步时所买，哪本书是我自己散步后一眼挑中的珍藏。在人民大学散步的日子里，也曾与伊相会于草地，也曾在空旷的操场上款款享受皎洁月光。

最不喜欢在我的另一处居所翠城馨园散步，虽然我计划着要写一部《翠城笔记》，居住者的杂乱让这个小区犹如农贸市场。大型犬随处可见、缺乏礼貌的大喊小叫充斥着这个小区，不远处的臭水沟偶尔飘来臭气，我往往硬着头皮在小区内走两圈，要么是夜深人静，要么是鸡鸣时分。但这样的散步除了能让肌肉得到锻炼之外，的确没有多少心理上的愉悦享受，不能对故友说，在美丽的北京还有这样的所在。散步是散步者的最终追求，我不是一个十足的散步者，所以更多的时光，我生活在这个小区，会选择一个人在家里看书或者练哑铃，我真不喜欢在缺乏洁净与美好的环境里散步。

在我工作的单位周边环境还不错，隔三岔五，我会与同事一起选择中午出去散散步，有时独自一人去拍拍照，发条微信，写两首打油诗，缓解一下紧张，调剂一下生活。夏天散步会散到出汗，冬天散步会散到风吹冷了肩膀。这样散步交流和思考可能更多一些，有时一个人散步时，我就会想起那些美好且值得回味的散步，然而人为了生存，很多美好的感觉只能珍藏在记忆里，而选择在首都北京生活，也许就意味着放弃另外一种散步方式的选择，这大概也是一种无奈吧！我总寄希望有一天，有一处优雅的散步所在，在那里，我们可以自由地说笑、裸体奔跑，或者大声喊叫，享受清风、阳光，体味松鼠的注视，一位画家朋友听到我有这种想法，连忙说：我给你画一幅画吧，我点头称好！不知道这位画家的画作最终是否能抵达我内心深处的意境，我默默期待着。在城市生活，有形的散步和无形的散步一样重要。

戴老师自语：

作为原生态文学院的老师，每天的点评占去了我大多数业余时间，今天手头没有学员作品，又是情人节，不忍心打扰同学们！我利用午休时间完成了这篇作品，算作一位老学员的习作吧！希望同学们批评！

（2015 年 8 月 20 日中午于中铁建工集团）

说　文

这是讯飞语音软件转录的第一篇文字。

——题记

北京今天难得的好天气，艳阳高照。走在大街上，十分惬意，阳光洒下来，如帮你扫灰的鸡毛掸子一样柔软。往日的散步从没有今天这般痛快，双脚好像有了新的力量驱动着你。我打开手机，尝试第一篇说文。讯飞软件的发明者功莫大焉，下载了许久，不过用来给朋友们微信转述文字而已，今天用它来说文，自然别有一番新鲜感。

一边行走，一边拿着手机说文，犹如一位行吟诗人。万达广场正在建设，旁边空地上已经故弄玄虚地搭起高高的圣诞树，这样的阵势已没有前几年那样吸引人了。人们喜欢富有亲切感的建筑，两年前，当我搬到新建的办公楼时，周围还是大片荒芜的土地，而今，一栋栋高楼迅速矗立起来了。

我一直把散步看作是高雅的运动，独自散步则成为高雅到极致的运动。路两边的树木已然没有了春天的景象，却孕育着春天的生机。额头的汗迹此刻显示出行走的急促。在冬日里行走，有种难得的爽利，和夏天的炎热不同，外冷内热，风有条不紊地吹着，驱动双腿的过程就滋生一种创造的冲动。我约束自己每天力争走完一万步，但坚持得不够好。大街上很少有人。不远处的别墅，一栋栋三层小楼掩映在黄色饰面的围墙之中，围墙上面盘踞着螺旋形状的铁丝网，给人监狱般的恐惧感，不知道当初的设计者出于什么目的，设计成这样的形状。中国文化滋生的工科学生难以有创造性思维，这或许是最好的明证。

这是年终之月，此时的天空无比明亮，和雾霾遮盖的日子形成鲜明的对比。天气预报自明日开始，又是连续的四天雾霾，享受这样的大好天气，感觉就像犯罪。我慢慢行走着，贪婪享受着，比与以往更轻快的步履，一步又一步行走着，生怕惊醒了什么。

一个人的行走更像行走，往日里，假若是晴天，我会和同事王忠沿着河岸边边说边走，两个人的行走需要商量，需要互相迁就，需要达成共识。不像现在我一个人的行走，可以慢慢悠悠地走，可以左右摇摆，可以以慢跑的方式走，也可以拉出竞走的摆胯姿势，更可以选择你自以为是的任何一种方式。行走的方式自可千奇百怪，非常舒服地行走在行人稀少的大街上，你想怎么样就怎么样。不用担心周围人会对你品头论足。天空的鸟儿迎迓着阳光鸣叫，大地好像裸露开最真诚的胸膛，即使是语音转换的错字蹦出也会给你另类的启发。

我真希望这样永远地走下去，一步又一步，永不停歇！迎着阳光、看着大地与天空的云彩，做一个向天空摇头摆尾的人。空气静静蠕动的声音，倾听着，这些自由、超真的空气，赛过汽车马达的轰动，十分美妙。不知不觉走出了很远很远，我一点感觉不到疲劳，亢奋的心情驱动着我继续斗志昂扬地向前走，有点像挑逗风车的唐吉坷德。

我第一次感受到文字的力量——声音与质感，这是美好的声音转换方式，在北京的晴空下，声音是有力的锤子，夯锤出一行行麦子一样的文字；文字是温暖的手抚慰着我，又像万束光芒擦拭着迷茫的眼睛。

走到一处岔路口，笔直的大道缓和成一处古旧的小道。路旁一搂粗的杨树向天空猛钻开去。一处写着"思亲园"的招牌在为逝者寻找田园，生命的终结总会在城市的某一处画上句号。在大树尖端的枝桠间，鸟窝占据成最美的风景。这些城市里的鸟儿们啊，也像城市里的人一样富有层次感，互相攀附高枝，争取得到一处光鲜的居所。呼啸而过的混凝土搅拌车在催长着这个城市建设的速度。正在建设的公园还裸露着土地原始的印记，与林立的高楼形成互相映衬的风景。躲藏在高楼下的棚户区暴露着这个城市曾经的历史，让我此刻的行走也带有见证的意味。

我选择了一段工地上的土路作为我行走的路径，这让我想起在工地度过的青春时光。那时我喜欢带上笔记本，记下工程的进度，也会记下当地的人文气息。精神的闪光，让我的整个青年时代充满了幸福。犹如一个人积攒钱财一样，工地上的文化气息带有历史的悲怆感。我看到一棵古老的松树被保留下来，它在现代化的建筑材料堆砌之中，更显示出历史的久远，这一定是建设者当中富有人文气息的人反复坚持的结果。依稀记得在工地上，面对刚挖掘出的东汉遗迹，众人哄抢的情形所引发我的无比愤怒，尽管我当时的力量微乎其微，但我无愧青年时代所经历的过往，我的责任心让文物得以保全。飞速发展的城市，让历史遗留物荡然无存，我十分敬佩那些给历史留下坐标的人，他们既有建设者的担当，更具备文化传承者的素养。

巡行在工地松软的土地上，我好像又回到了技术员时代。是我的胸中依然存在着青春的烈火，还是这份工地情结足以让我的心火燃烧很久而不熄灭？正在建设的高楼被安全网遮蔽着，好像一个待嫁的姑娘，等待着众多的住户来挑选。城市改变了人们居住平房的历史，但城市高楼却也增加了人与人之间的疏离感。我习惯于用读书来挑拣城市发展的语病。其实，更多的城市发展并没有走出梁思成所批判的误区。这种对城市的刻意阅读，给我带来写作的快感，也给我带来建筑乏味的缺憾。我希望看到真正怡人眼球的建筑，我希望森林建筑能真正落户北京。这种边走边说边形成文字的方式弥补了记忆的缺失，无论在工地上行走，还是在油漆马路上行走，抑或在繁华的楼宇间行走。建设与破坏，行走与静止，是城市建设所不能忽视的悖论问题。在互相对立中，城市的血脉得以延续。

　　我非常厌恶北京城摊大饼一样的发展方式，可多少年来这种陈旧的发展方式并不因为好多人的厌恶而有片刻停止。不远

处看见一位老同事的别墅之家，他在这个城市生活了很久，一如我在山东生活了很久一样。假如我在北京也像他一样根深叶茂，我也会拥有这样一套别墅。我曾为自己是位资深土木工程技术人员而羞愧不已，在北京，我没有一套可以自豪的居所，还不如那一只拥有漂亮居所的鸟儿。

　　一株树能留下来绝对不是树本身所决定的；不管你是年老的树还是年轻的树。只要有人存在的世间，万物就就有被人宰

割的可能性。一个人在宰割别人的时候也会被别人宰割，时光犹如错开的宰刀。经受阳光的水和没被阳光照到的水，好比一块硬币的两面，一样的质地感受到人间的温暖却截然不同。

诚然，我十分厌恶汽车走过大地上冒起飞天尘土的感觉；但作为一位多年的建设者，我更厌恶把整个大地硬化掉。我计划着写一部《混凝土的罪恶》的书，来矫正整洁无土给人带来的异化。从当年一位积极参与建设的青年技术员，到现在十分恐惧混凝土吞噬世界，我时常感觉人类终究会用自作聪明的手把自己掩埋掉，我为自己曾是这样一名罪犯而哭泣。

路遇土地上一条悠然自得行走的狗，它行走的姿势比我好看，潇洒而自然。我担心有一天，北京城再无这样可以让他悠然自得的土地，倘若大地都被硬化成无情的地面，这条狗就失去了流浪的资格。夏天的炎热与冬天的冰冷不会给这条狗一种人间的温情。和狗一样具有肉质的人们啊，一定会比狗更痛苦，他要格外承受思想的无穷煎熬！

穿着黄马甲的工人远远地走在我前面，他们为这个城市矗立起一座座高楼，但他们却无法享受城市高楼所给予他们的哪怕一天的舒适生活；标志性建筑诞生的背后，拥有很多不为人知的故事。故事里或许写满罪恶，或许充满了创新的快乐！

散步这种有目的的行走方式，值得和无目的旅行相提并论。人一生或许不仅要学会主动感知，也要学会被动感知。欣赏路边美景的同时，突然接到一位老同事的电话，这位同事是典型的追名逐利者，我曾经把他的电话设置成拒接，后来耐不住他如簧的说辞。我知道他此刻的联系，一定有名利之事求我。对喜欢追逐名利者而言，别人永远是他眼中的工具，所幸我没被他轻易利用。我不需要任何人的恩赐，我需要自由地行走，哪怕走成一条流浪狗，也希望自己的眼底能随时射出耀眼而温和的光芒。

　　散步途中，我删除了一位宗亲的微信，他连篇累牍地向我炫耀他参加宗亲会的图片和文字。一个家族和一个民族一样，需要的不是炫耀，你的存在就是家族历史的一部分；你的默默无闻就是你最深刻的表白。我不需要向别人证明什么！更不需要向别人表白什么！生活一如山水自然的样子，山水的矗立与流泻，给人以自然的美感就足够了。选择用更多的照片来炫耀家族，犹如选一个假发套一样可耻。脚步停留在单位大门的时候，所记录的散步数超过了一万步，我的这第一篇说文也已有了几千字。修剪一下他们，呈报给我亲爱的读者，让大家也体会一下独行的乐趣吧！

（2015 年 12 月 18 日星期五于中铁建工集团）

帽　子

举眼望去，会场里没有一个戴帽子的人，至少每个人头上应该有一顶帽子啊！

今年冬天，伊说你老大不小了，要买一顶帽子了。于是，一早一晚，我就有了一顶皮帽。去日本买的那顶帽子我很喜欢，黄色，网格化的鸭舌帽，贴近上海新旧时代转换时期阿飞常戴的帽子，这帽子有种文化气息。可惜，买来一直没有机会戴——大约与季节变化有关，也与周围人都不戴帽子有关；而这顶黑皮帽子还是有点特色，婉约了这个冬天：黑被一个扣子缩在顶端，有种象征意味；帽子在耳朵以上的部分，柔毛翻开扣折在黑皮上面，平时很少放下来，风大时可以温暖耳朵。这是北京雾霾最严重的时刻，伊说，空中不少致癌物，还是戴口罩吧！我说，不要紧，我是山民，吃土吃惯了，何况好多年前，我在工地上还倒过水泥哪——水泥粉末的污染远远超过现在的雾霾啊！而帽子则不然，帽子对一位头发渐白者非常重要。我感觉老人对帽子的依赖很强，所以，尽管冬日刚刚来临，我还是一早一晚戴起了帽子，这是第一个完整拥有帽子的冬天，我很享受！当然，我是指在离开故乡多年之后，这个特殊的冬天，一顶帽子又让我找回了少年感觉。

在山东南部山区。上个世纪六七十年代，冬天里，男女老少大多都会找东西暖头。男人用帽子，女人用围巾。男人的帽子，单帽比较多，很少有人戴暖帽，家穷，买不起，那时的冬天可比现在冷很多，漫天飞雪，还有屋檐口垂下的冰凌子。如把全身裹在棉堆里，独把头儿敞露在寒风里，头儿会十分委屈；随着冬日变暖，当下帽子也成了摆设或累赘，众多的人甩帽而生，好像根本没有帽子这物件一样。即使

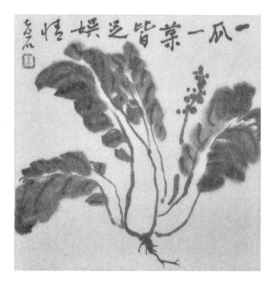

在北方，冬天也很少有戴帽子的。人们习惯了露头露脸，帽子们大受冷落。和我少年时所见的乡间情形大相径庭，帽子文化的确反映了时代的变迁。

现实生活中的帽子的确越来越少了，可我感觉帽子处处都在。在单位会议室里，与其说是座次排得严谨有序，不如说每人头上都闪着帽子的光环。到外面与朋友聚会，大家关心对方有着什么样的官帽。而对来者头发的黑白，面色是否苍老熟视无睹。帽子悬在大家心上，比有型的帽子更有影响力。

中国文化中不可排除的是官场文化，官场文化影响人的日常行为，对官场文化的认识程度决定了一个人的日常做派。所以难免遇到摇尾乞怜的人，盛气凌人的人，沉默寡言的人，高风亮节的人……所以，每个人头顶上帽子的颜色、质地、形状

迥然有别，我有位同学，在国外生活了三十多年后，回到国内办事处处碰壁，他问我失败原因在哪，我只好对他笑笑，无形之帽他根本没法一两日看得明白，中华生存文化博大精深啊！

帽子文化在中国有着特殊之义。一个人生存在中国，可以缺少戴帽子的经历，却不能忽视帽子的作用，为了帽子的高低、大小、颜色、舒适度，大可你争我闹；围绕帽子去向，晦涩阴暗的故事在民间流传亦屡见不鲜，凡俗生活渗透着帽子文化不可不察啊！

戴帽子一月有余，感觉帽子对头的保护作用真是十分明显，特别是冷风肆掠和雾霾严重之时，帽子的作用则更大，有时，摸摸压倒的头发，暖热的脑袋，捂白的头皮，对着镜子里的自己那张被帽子压榨得变形的脸，也只好无奈地去笑笑，有时自我解嘲：有顶遮风避雨的帽子还是有诸多好处的，尽管有损整体形象，实用是最关键的。

不过，每到中午时分，特别是室外艳阳天诱惑时，我则喜欢与同事一道，扔了帽子跑向室外，素面朝天，沿着大街无目的地去行走，这时脑袋似乎是最自由的，感知空中的一切也最直接、爽利，似乎脑袋也在渴望着春天。不过，每到凌晨和夜晚，面对寒冷，我还是习惯性地要扣上帽子，人老了，不服不行，需要帽子装点和保护了，帽子啊帽子，对一位走向老途的人似乎变得越来越重要了……

耳 福

　　一个人活着，能感受到生活之美主要靠自己的感官。

　　其实，除了眼睛看的，嘴上品的，手所摸的，最好的还是耳朵听的。耳朵感受的幸福，才是真正的幸福；让耳朵获得幸福，不是那么容易的事情。一个人可以获得丰厚的物质享受，但要想听到悦耳美妙的声音，则非一般人所能享有。因为这个世界太嘈杂且令人生厌，你生活在其他欲望里，你就要忍受耳朵的被折磨。耳朵的自由享受才算真正自由的享受。

　　天籁之音不可求，美妙声音却常得。我们太习惯于经常性地被恭维了，因为几乎每个人自小至大感受到更多的训斥、压制和征服，所以一般的甜

言蜜语会当做美妙声音来对待，就像不会欣赏音乐的人总爱在流行音乐里自我陶醉一样。

生活如果充满爱就充满幸福，其实爱不只是男女的事，爱是一个人一生的追求。爱自己，爱生活，爱动物，爱家人，甚至爱敌人。爱超越浅显，爱始终质朴，爱其实就像空气一样自然而真实。耳福需要拥有爱心才能享受得到。

一曲优美的音乐足以让你的一天充满幸福感，音乐之所以不可或缺就在于它能赐予人一种大爱之幸福。它的乐音甚至能催生动物下奶、蚂蚁做爱、老虎飞跃峡谷。音乐之美会让我们的心灵温润起来。我喜欢更多时间里，把音乐打开，一个人，就一个人。在精神的暗夜里，草地上舒展开一卷毛毯，静静地感受这倾听幸福的美妙。爱的倾听是获得耳福的最佳途径。

我以幸福的美感驱动我的心灵在音乐中行走。每当一人独处时，我会让自己停顿下来，竖起耳朵，如毛驴的姿势、兔子的乖巧、鸟儿的欢快、草儿拔节一般的轻盈，倾听自然界的一切声音。在夏日的夜晚，满天繁星下，仰脸，再仰脸，然后我就无语而哭，我听到了天籁之音。我听到了行走中的寂寞，我听到了一个老男人自弹琵琶的咏叹，我看到了远处的河流月光一样漂来又涌走，我成了上帝的信使，向世间传递天籁之音的美妙。

天籁之音不可亵渎，天籁之音则需独求。

一个人的上进与否和他得到赞美之声的多少关系很大，可惜我们很少赞美别人，也很少被别人赞美。我们习惯于赞美自己。别人的赞美对你是耳福，自我赞美更多时候是掩耳盗铃，所以不算耳福。

要保持与这个世界的美好向往，每日借助愉悦的声音追赶美丽音符的羊群是必要的。在生活的草原上奔跑，你需要营养，更需要倾听美好的声音。我曾经追问一位从南极回来的兄弟，问他在南极的漫漫长夜里，吃饱喝足之后，最喜欢得到什么东西。他说，他最喜欢听到娘的喊叫，听到家乡方言，听到漫山遍野的羊叫声。他说完，我们一起流泪，真正男人的眼泪是流给声音的，那些自己想倾听的声音，想听来自身体里的呼喊。那些感知过的声音，一如天空飞翔的大鸟，飞过去就永远感觉不到了。

这个世界能发出悦耳之声的物体太少了，当方言渐渐被普通话所占据，就像皮影戏日渐被电影所取代一样，我们所挂念的乡村感觉越来越远了。现实的乡村因为乡音的淹没而让耳朵丧失主动去感知的冲动。

宏观的强权与微观上的龌龊一样令人惊叹。我们不是在高音大嗓的会议室里感受耳福，却常常在耳鬓厮磨的窃窃私语里体味幸福；不是在经学大儒的课堂里享受听觉，而是在乡间土场的柳琴戏里心颤不已；我在电视里观看秦腔表演，空气清洗机的声音陪伴着我，缺少了现场尘土飞扬的听觉享受，秦腔的韵致就降了格调。犹如一场预想着轰轰烈烈的做爱却因为没有达到高潮而让当事者双方灰心丧气。耳福是有界限和层级的，有时在你的心里，有时在你的脑海里。

最好把你的人生规划成超凡的行动，你会主动去倾听那些美妙的声音，但这时的你会过于感知声音的仪式之美，而忽略掉其中土气的成分。

美妙的声音从来都是平凡而真实的，是优雅而充满乐感的。当你面对慈祥的眼睛，柔和的面部表情也成为声音的一部分；美妙的声音成为催化你心灵之美的动车，或成为调动你全身细胞活跃起来的发动机；美妙的声音总具有生活的质地，它并非来自于名人名言，却时刻写着自然的恩赐。当有美妙的声音陪伴着你的耳朵，会带动你全身心去感受；启动你的心灵去捕捉吧，很多声音是十分微弱的，但它们的美妙超越很多高调尖声。

当行走成为一种时尚，雾霾所提供给你的糟糕心情，会让天籁远去，对身体的扰动锻炼无异于给乐音雪上加霜，需要声音抚慰的身心，这时候渴望阳光一样的声音光临。当和风细雨的交代取代了批评，你会感觉到春风化雨般的滋润，给你心灵的春天带来一块硕大的绿地。

我在缺乏耳福的城市里奔走，有时喜欢把双耳堵住。我不知道这个城市的未来将会怎样发展，我只感知耳朵的幸福是最大的幸福。我有时真想幻化成一只鸟儿，在蓝天下，喝风都在飞翔，即使遇到暴雨，也把它听成一曲激越的乐章，那有多好啊！

（2015 年 12 月 26 日写毕于戴荣里原生态文学院新年畅想会）

摸读时代

我现在十分喜欢一个人行走，沿着曾经走过的路，未曾走过的路，别人厌恶的路，有粉尘的路，雾霾遮掩的路。

曾经的同行者，要么信佛了，要么去南方了，要么皈依大的财团或者有势力的人了。唯有我，还围绕着那座熟悉的桥，据说，这座桥很快也就要拆了。

没有人同我说话，他们没有心思和我说话，他们手里拿的，耳朵听的，眼睛看的，不是我，不是楼房，不是喧嚣的汽车，也不是书，他们喜欢与电子打交道。电子馈赠给他们一种感觉。在地铁上我想哭，那么多人不搭理一个卖唱的人，不搭理一个乡下人的询问，也不搭理我关注的眼光。我实在不知道说什么好。那些人生活在地上，却感觉他们如同生活在天上。我无话可说，在地铁上，我的心蜷缩成一只刺猬，我不想扎谁，但我让人感觉到我有想扎人的欲望。

有几次我想哭，我酝酿着情绪哭，就是哭不出来，我的泪已经留给昨天晚上的那帮旅客了；我动动声带，声带在动，却发不出一丝声音。我知道我失语了。在四处嘶鸣的城市，我成了默默的看客，我看着这个城市，好多人也和我一样沉默着，他们的眼睛亮闪闪的，不知道是电子给他们的火光，还是他们让电子发亮。

这个世界变了，变成风了，变成雨了，变成隔膜的天空了。

而我还在，我就是说不出话来，我的眼睛好像也只能看到近处的人，我知道耳朵和眼睛似乎也是连在一起的，我不能说，带动着耳朵也失去了听觉，我的眼睛好像也混沌起来。

这是冬日的早晨，我无语成一尊雕塑，哭成一座山峰，感觉到远处大片的黑暗，然后我的耳朵什么也听不见了。

于是我开始迈入了摸读时代。

我只能靠感觉来认识我眼前的世界了。

滑腻的是情人的手，她的嘴唇遗留着最后纯真的热度，我无法看清唇色，但我感觉她的颤动能散发出让我感受到的温度。她的气息让她的语言转换成一种可以感知的力量，我在她的臂弯里弱化成一个婴儿。她的乳香散发着手机屏幕的感觉。那里汇聚着生命的声音，汇聚着她的柔情蜜意，我想呼喊，我的声带能动，可我发不出声音，无论我如何挣扎。我只好摸读一只乳房，在暗夜里，如一只蜜蜂贪恋花粉，如一条小鱼留恋河流，如一朵云彩执着于天空，我读到了她的羞涩，读到了她的回应，读到了她对这个世界的控诉，我甚至读到了她曾经的恋人，读到了一个时代给她的乳房留下的创伤，读到了属于她的童年的小山岗，读到了她的上司贪婪的眼光，读到了瀑布一般的秀发遮挡乳房的岁月，然而，这一切很快被另一份触摸所取代。

我触摸到电子的总开关，在那一瞬间，开关被我无意中打开了，我的手感觉到一丝觳觫，在一个人的夜晚，那感觉好像风进来了，雨儿洒在脸上，然后雪来了，樱花开了又败了，挂在天空的红日头，然后是落叶，落叶，还是落叶。唯美的天空张开又合上，我感觉到了，一切都打开了。

我的手离开了乳房，像婴儿离开了母亲，如黄土离开了大地，树叶离开了树枝。

我在开关的引诱下，眼睛隐约感受到一丝光亮，那丝光亮超越以往，超越我的眼睛失明前的所有感觉。风来了，我摸了摸，一绺两绺，然后一绺绺的都涌上来了，如春天里破冰一样的惊心动魄。我听到冰们的宣言，他们咯吱咯吱互相摩拳擦掌，他们沉默了整整一冬天，整整一冬天啊！他们沉默惯了，终于盼来了春天，而在众人叫好的春天里，他们要把自己呼喊成一群队伍。阳光来了，气势汹汹的冰们很快瘫软、融化，几块争先恐后的冰也被融化了的水拖浮起来，把

它们托到岸边成为不再簇拥的一群固体。化冰为水的河流浩浩汤汤，我开始想喊，后来想哭，再想喊，再想哭，后来就什么都不想做了。

我还是抚摸到一个栖息的平台，这平台上的字，凭借我眼睛的余光，依稀看得清是在一个大圆圈里伸出一根棍子，这棍子像极了战士的阳具，好像是从古时的天空掉下来。无有壮阳药支持，这个字连同着另外一个字却让我感受到硬挺挺的力量，好像支持了很多个朝代似的。我依稀觉得我的祖先抚摸过它，我的爷爷抚摸过他，我肯定说我的父亲未曾抚摸过他，特别是

在他年轻的时候。而我今天，这个五官迟钝的我，就是我，却真真切切抚摸过它了。我感受到他的刚强，一如征战南北战士身上的铠甲，破旧之中，依然显示着凌厉的寒光。然而，我却老了，这块石头对我只有象征意义，我摸读着它，感觉到羞愧，感觉到自责，感觉到愧对先人，感觉到应该有更伟大的触摸才对得起这次不经意的触摸。

风却停了，我的耳朵听出了风跑的脚步。风，你这个胆小鬼，你这个无处不在的小人，你把你的心没留下，你就跑了，天地混沌。我挣扎着喊出了声音，我的耳朵听不到，我的心能感觉到，无风传递我的声音。在最需要风的时候，风却跑了，跑得无影无踪。

我只好在摸读世间的一切。感觉到岸了，此岸和彼岸，从河里游过去的时候，手颤动着，我摸读着河水，河水哭了，河水哭过以后就跑了；新的河水讨好着我的手，我摸读着他们，摸读着属于各个时代的声音。我听到一掬河水说着她的身世，另一掬河水也在说着他的身世，然后河水们互相哭诉着、欢笑着离开。全然不顾我触摸它们的手被扎拉出很多血口，我知道来自不同地域、不同时代的河水的温度与力量，这些摸读过的河水反而让我的心瞬间坚硬起来。

我摸读着静止的空气，柳树已经没有了摇曳的风采，我捻摸着柳树的躯干，这是一棵树龄不长的柳树，我摸到在去年夏天曾有一只蝉儿鸣叫在它的树梢，也曾有一只青蛙在远处对着它吼叫，它似乎什么都不在乎。我摸出了"海枯石烂"几个字镌刻在柳树上，我想读出来，可柳树听不懂我的话，我也只好沉默不语。柳树皮缱绻着我的手，似乎在说那几个字藏着什么秘密吗？它好像卖了一个关子，我没有听清它到底说了些什么。

一幅字幕横空出世：摸读时代！

　　然后我就醒了，能看到微弱的星星挂在天空中，西边是月亮，东边是太阳，日月同辉。

　　北京，今日无霾！

　　（2016 年 1 月 19 日手头无评点稿，临时撰稿一篇，以应所需）

伊

我在清晨的醒里，伊依然在梦中香甜。古井，石板路，晨曦里，伊绯红了脸颊，映红了两个水桶，挑担弯成月儿的样子；伊的大辫子，是黑色的魔绳，牵引着我从校园里到校园外，从小河畔到高高的山岗。伊是泰山脚下的一缕风情，又是溜冰场上的一抹浅笑。伊成为列车上散发着清香的那首歌时，我忘记了观望窗外的景色。伊的眸子明亮如我的心泉一般，那一刻我定格成宝玉一般。伊在桃红杏白的时刻，成了山上的一处风景，我和我的朋友们不忍心打扰她，而伊却哭了，哭成了春天的一尊雕塑。

伊渐渐离开了家乡，成了铁路工程队的一株花，成了荡漾在泉城的一滴水，成了南国的一棵竹，成了西北的一片土地。

伊依然与岁月一同美丽着。

等我在京城与伊相遇，伊依然保留着少时的羞涩，伊的双眼修炼成含着笑意的葡萄。在伊的笑声里，我听懂了伊要表达的四季。

伊在书桌前的留影，成为我心底的底片，在不同的季节，翻洗出不同的影像。

　　水穿石旁的月影里，站着伊和我。我和伊相拥而泣，不知道伊为我哭，还是我为伊哭，或者伊和我，为着世间的某一个事物而哭。风停了，雨住了，我和伊的哭声也停止了。伊睡了过去，我也迷糊了，我和伊睡在黎明里。

　　伊有一次在论坛上阔大了嗓子，然后伊沉默了，沉默成一个哑巴，在很长一段时间里，伊无言，我亦无言。

　　我去京郊的路上，一个人默默地走，伊远远地跟着我，我知道伊要说些什么，然而伊没有说，伊与我一同看山，伊与我一同寻花问柳。我不知道伊对一块刻着文字的巨石感兴趣，我不认识那字，伊也不认识。

　　依稀记得伊从湘水之滨款款而来，面容姣好。柔媚的眼神是四月的风。我轻轻靠近伊的耳边，我想说什么，又怕惊动了伊红颜上的绒毛。伊正春天着，我不忍以我的苍老打扰伊。

　　伊的裙摆在某一天幻化成禅衣的形状，悬挂在壁橱里，我只去静静地欣赏；伊留下鹅黄的小鸭子，红得惊人的嘴似在诉说伊的嘱托，然而，伊离开了水，伊步向岸边。我依然在水里，我知道，我上了岸，就再也难以想象伊戏水的样子，我与伊的岸会因为逝去水的淡然而变成令人窒息的陆地。伊不语而走了，我想对伊说：我不能走。伊无语而走，很远很远，黑成了一个点。

　　伊突然在某一天走进我的梦里，伊是喜欢做梦的。伊说：我爱你，我答：我喜欢你；伊抚摸着我的脸，伊说：你太老了，难得你追我一生。我对着伊的耳边，轻语：你是我的。伊竟然拉过了我的手臂，抚摸她，肤如凝脂？多么粗俗的比喻，没有任何一个词可以描绘伊的身体，伊圣洁、典雅、高贵、美丽，伊说：你大胆地去想吧……我说：我越走越把自己走成了一个孩子。等我要去拥抱伊，伊却用手一指，阳光射在脸上，触目

所及的是昨晚醉酒后的涂鸦，散乱在地上，如毕加索描摹过的静物。伊却跑了，跑得无影无踪。

有时我整整一个晚上，在暗夜里搜寻伊的气息，伊绵软成猫，伊散发着温暖的味道，伊的身体有一丝甜味，我依偎着伊，伊也依偎着我，然后我们相拥而眠。

伊真执着。伊从南国追随我到北疆，从东海边到西边陲，伊从不喊累叫屈；伊的声音仿佛是镀了春的绿，夏的热，秋的凉，冬的寒。伊依然不忘童年的羞涩，那一抹绯红，伊抚摸着我脸上的皱纹，伊哭了，伊真爱哭；伊又笑了，伊一定想到了让伊快乐的事，伊哭哭笑笑，然后伊与我就一同老了。

我那天在银杏树的金黄里为伊摄影，伊红色的裙子成了秋天里的一面旗帜。伊看着金黄的落叶无限感伤，我说这是北京最优雅的季节。伊怅然，伊抚着银杏树的躯干，像依偎着我的过去。伊瞪大了眼睛，那时同学们都还没起，伊的表情很奇怪，我琢磨不透，旭日冷峻而又温暖。

伊说我们一起到深山里去吧！那里没有喧嚣，没有名利，没有尔虞我诈，我对伊摇摇头：伊与我戎马一生，伊还不是保留了伊的品质，我还不是那身有着某种物质的骨头？伊点点头，我也向伊点点头。我追随了伊这么多年，伊一直没有给我一纸婚书，我想追问，伊莞尔一笑：人活着，何必要那囚禁心灵的东西！

　　我望着天空，在强烈思索一个词，我想把这个词挂上天幕。天瞬时亮了，雾霾不见了踪影。我手捂着心，生怕让别人看见，我那一刻的表白。

　　　　　　　　　　　　　　（2016 年 3 月 4 日于北京游燕斋）

光

那一日相聚，与王先生是早在春节前约好了的。

春和景明，我照例会沿着河岸走。碧绿的河水一直延伸着，伸向远处，也流到你的心里。树枝似绿非绿，芽儿是闪着泪花的，像被春天激动地哭了。我一个人沿着河边的小路走，生怕惊醒了平静的水面，风是三月的，鸟巢是三月的，连天空在今年也属于历史上的某一个三月了。

我走走停停，气息均匀，如那水儿的舒缓；极目远观，是一水的浅绿，不远处的深绿以至于更远处的明亮了。

面对这一切，这万物的表达，我无语而哭，在岸边，我听到很多倾诉：历史的、现实的；丑陋的、美丽的；促狭的、庄重的；陈旧的、簇新的；呼喊的、沉默的……

我一向是喜欢晨光的，在熹微里，每日清晨去上班，我都会驻足在一座桥上，近观、远望、再远望。水的灵动与柳丝的飘摇，恰似一帧图画，看不够。我已经不止一次拍摄它们。拍摄它们的昨天与今天，拍摄它们的春夏秋冬。但选择的时刻无疑会在生机勃勃的早晨。清晨之美，放射出青春之气、阳刚之美，恢宏而有力量。我更喜欢，在一个人的清晨，无论是面对太阳还是背对阳光，清晨的万物在苏醒着，苏醒成一片叶，一眼泉，一只蝴蝶。

天是亮的，水也是亮的，我的心也是亮的；进颐和园的北如意门时，门口挤满了外国人，他们的眼睛也是亮的。我拿着手机，拍一株树、一块石、一个檐角。世界明亮起来；我每当走过昆玉河，总爱在桥边驻足，无论阴霾，还是阳光四射的清晨，无论鸟儿欢快的鸣叫，还是河水静静地流淌……

有一日，做寺院住持的师弟从江西来，我看着那一袭黄袍，在春天里温暖、祥和地存在着；师弟颜面光鲜，我心愉悦，总觉是几世以前的熟人。一起用餐时，别人善意地提醒，对佛缘中人是要称为师兄的。我忽觉与他突然生疏起来，我本俗人，总觉通能是隐约中的兄弟。那一刻却怔住了，不只是一瞬，顿觉尴尬了许多，餐桌上的光也暗了下来，我的目光想必也是暗了下去。

在没有太阳的天空下行走，天也是亮的，我依然能在雾霾里分辨哪是白天，哪是黑夜；太阳躲在天的另一边偷笑吧，笑没有阳光普照的众生，感受不到它的那份温暖。

我在颐和园里与王先生谈天说地。王先生的徒弟是颐和园里的一位负责人，也是摄影迷，对王先生有十二分的虔诚，我仔细看他迎合王先生的眼光，那样富有味道，这是一位崇拜者或说是学生的眼神，这眼神反而让王先生更谦虚、内敛起来了；沙发的柔软泛着和窗外自然光一样的质地。我的声音小起来，不忍心打扰了那光，那光照在王先生和他徒弟的脸上，屋子的冷被挤出门外去了；我想到王先生领着我看那一墙的耕织图：翻耕土地的，抖落蚕宝宝的，线条简洁而又干净，遗憾的是石雕画罩在玻璃框里，我用手机拍，拍的却是我的影子，里面俊美的石雕画无法清晰照下来。王先生每周都会来这里抓耳挠腮，他对无法拍摄耕织图倍感遗憾。我找不到破解的方法，我的眼睛与记忆超越了手机，这些耕织图牢牢走进我的内心深处，我能感觉到王先生内心深处的波动。

散谈的时候，王先生说起他的岳父，一位已经九十四岁的老书法家，一生不知道用书法赚钱；去年因病坐上了轮椅，送人书法也要亲自用印，他以书法收费为耻。王先生的话里似有其他味道，朦胧中感觉到那位老先生的飘然白发，老先生的固执为他的书法上色，我依稀看到老先生的书法作品泛着惊人的亮光与诱人的墨香。

喝了一肚子的茶水，免不了对王先生的徒弟客套一番；他俩约好了去拍鸟，到房山，在下个周末。我也正是因为王先生的拍摄技巧而执意要见王先生的。王先生拍摄的鸟是我此生见到的最灵动的鸟，它们对花的依恋，觅食虫子时的欢快，还有围着通红的柿子啄食的样子，像极了一个童话故事。如影似幻的影像里，是鲜活的生命在宣泄。真实而朴素的光芒发射出求生、抗争的声响。我听到了鸟鸣，感受到它们最真实的心语。

片片枯萎了一冬的荷叶越过无人照看的季节来到春天。鱼儿很小，亲吻着这些荷叶们，好像在听荷叶们倾诉什么？残荷已经忘却了冬天的冷，在春天里与鱼儿共享一池春水。岸边一位退休的老者早支起摄影机械，静等落日的到来，西天的太阳依然挂着，远山的轮廓起起伏伏，正对着太阳的是远山顶上的一座高塔，塔倒影在水池里，老者说他要拍塔的倒影。王先生的指点令老者眼里放光。王先生说，荷叶让一池水凌乱了起来，倒影是很难拍摄到的；高妙的摄影家总是让画面简单了又简单，因为现代人欣赏简单；趁王先生向老者介绍摄影技巧，我跑到附近的景色里去寻觅颐和园的春色。

在"遥看绿色近却无"的草地上，落日的余光照在上面，

金黄中孕育着青色的底蕴，醉了眼睛；我看到妙龄男女一对一对穿过去，总感觉他们辜负了春景。我让一位娇美的陌生女子帮我照相，我轻轻坐在草地上，背后是一面澄澈的水面，身子底下是泛黄的草地，我在那一刻感觉自己犹如坐在仙境里。我的笑意是平静的，女子的阴影也被拍摄进照片里，微信圈发出来后引发好多微友的丰富联想，越发感觉到颐和园里这份静美的纯净与自然。

虽然光还被王先生数落着有些"硬"，但王先生还是要给我照相了。我站在岸边的石头上，王先生一边提醒我不要掉下岸去，一边让我回眸一笑，模仿美女的风情，让我生出些"吃了蜜"的感觉，然而终究不是吃蜜，笑也有些"硬"。只是第一次感觉到残阳西下的时候的这份光，竟然如此珍贵，如此眷顾人的影像。王先生不断给那位老者解说：在室外拍肖像最好选择在下午，在光不那么"硬"的时候，人的轮廓线才能显现出来。这直接颠覆了我的传统审美观。在此之前，我是最喜欢熹微的。而在这样一个属于颐和园的平静下午，我静静地享受着一个摄影家所赐予的光福。

等我照完相，老者也在落日的眷顾下，受王先生的指导，把塔的倒影拍了下来，老先生十分满意，执意让我和王先生吃他带来的橘子。落日藏在山后了，王先生猛然让我看东面两处楼房的西山墙，太阳的反光照射出它们红彤彤的影壁，王先生让我快跑，跑到西堤围着的那圈水边，拍反光再次映射到水面里的那份华美。我一直怀着对历史不忍卒读的情节，抵京数年，陪友人到达颐和园数次，可总是在颐和园门外不愿意进来。在这样一个静谧的下午，我一个人第一次静静地在颐和园等王先生，天光自然而平和，颐和园最终竟赐予我如此的美景，我忘情地拍摄，真想一跃入水，随着那红光永远地陨去。

王先生执意不和我一起吃晚饭，我们在红光将要消失的时段分手，他走北如意门，我去南如意门。我沿着西堤走，一座桥就是一座风景，一棵树就是一个故事，原有的所有猜想与伤感被这无尽的美景所掠夺。我拍摄远处的高塔，它们在落日后如渐渐远去的朝代；我拍岸，土堤的岸、乱石的岸、石砌的岸；我拍树，水中的树，岸边的树，田野里的树；我拍月亮，树杈中的月亮，檐口边的月亮，山上的月亮，石洞中的月亮，倒影水中的月亮；我拍灯光，孤悬的路灯，水边的排灯，颐和园外喧嚷夸张的各色霓虹灯……我不知是经年的时光让我积累了这无限的美景，还是上天让我独享这一园春光。我静静地走，慢慢地走，不言也不语，生怕惊扰了众生，手机也调在静音上，我好像听到身边的诸多事物在向我窃窃私语，我感动着，倾听着，拍摄着，心儿砰砰地跳……

整个世界突然暗下来了，我借着天光走，回想着这完美的一下午，好像领略了几个世纪的风光一般。回望颐和园的水们，正平静地从饱经风霜的园子里流出来，汪成碧绿的水，向下默然游动着，平静而执着地行走着，我看到了它们的脚，在夜光里，依然那样楚楚动人。我知道明晨我会再站在桥边，会再满含深情地拍摄这一河碧水，我更会知道这些河水从哪里来，游到哪里去，而断然不是今晨看这河水的感觉了。

想起这光，我的泪就无缘由地流下来，泪水好像是从我的心里流出来的，一直陪伴了我一路，我知道这是上天的福报！

（2016 年 3 月 15 日写于北京游燕斋）

游

游走到胡同口的时候，大街上忽然热闹起来；车送我来，从寂寞如寺的办公室走出来，来这个叫大栅栏的地方，找一位民间摄影家。摄影家的样子想必就是多年前的膀爷，在天安门附近有自己祖传的房屋。

二十世纪八十年代，第一次来北京，马路上方的空气是蓝的，看上去北京人比省城还要土气。正在售卖的卤煮让我回想到那时的气息。不少外国人边走边照，有漂亮的翻译操着不标准的普通话；似乎到处都是可以引起记忆的东西。想起去年夏天，在大前门茶社，采访一位叫履端的老知青，她曾在内蒙古下乡，眼光还定格在彼时的信仰与纯净。与她一同下乡的北京知青好多人已经故去了，也有些人做了高官，她依然回复到生她养她的北京胡同里。一个女儿漂亮、聪明，一个女儿却是痴呆。聪慧的是姐姐，呆傻的是妹妹。姐妹的爱让履端感受到家庭的重要。几十年的辛苦让她备尝艰辛；她向我推荐一位叫淑静的女子做原生态文学学员，一则是她感激淑静和街坊邻居的关心，再就是她在知青时也是文学青年——那时的青年更多靠精神活着。六十多岁的女人，虽经万般生活磨难，却感觉不到

她一丝悲伤，或许她根本没有时间悲伤。过多的情感体验被文人们统统收揽了去，留给她的只是纯粹的生活了吧！大街上的人们在自由地行走，没有几个人知道文学这玩意，可她们依然幸福地走着，走出风风火火的样子，走出一路的惊喜和满足。那位叫淑静的女子，停留在我的微信圈上，我的文章有时她会来点赞，欣慰之余，我脑海里总会映现出北京胡同里，一个蹒跚的女人，照顾着两个女孩，一个天真的笑，一个傻傻的笑，淑静和邻居们围拢来问寒问暖，而那位叫履端的女人也就笑了。我希望这样的情形定格，这影像真实而长久，温暖着我的心胸。

勇哥是胡同里生长的男子，他拍了很多年胡同，胡同里的风情，胡同里的人物，不知道他是否拍摄过履端一家。有一张夏天拍摄的祖孙俩的照片，爷爷照看着床上的光腚猴孙子，孙子看勇哥要拍摄，本能地害羞，忙捂住了小鸡鸡。现实的抓拍成为这一家人的传家经典。物是人非，电视里介绍，不少被拍摄的人家已经搬走，飞速变化的时代元素让这个挚爱胡同风情的人难以割舍。远远地看去，一盘古旧的石磨前，他在制作暗箱。数码相机已让生活影像成为容易得到的快餐文化。他依然沉迷在古旧的胶卷照片里。我没做介绍，他像对待老街坊一样面对陌生的我，我倒有些不自然起来。唯一的责怪，是嫌我照相前没有"捯饬捯饬"，这话出自一位原生态摄影家之口，多少有些让我惊奇。当他知道我喜欢一贯以这样的状态面人时，也就不再言语了。他找来相机，背景选了室内楼道下的斑驳红墙，几个凌乱而古旧的门扇，又领我沿着木质楼梯"咯噔咯噔"上去，映着窗帘拍了几幅。窗外的光扑向室内一张阔大桌子，那一刻我体味到民国的风情，或者是前清，抑或是更远一点的时代。这里应该是绣楼，不是吃卤煮的地方，还应有一位纯净羞涩的少女，围着红丝巾，满面绯红看着窗外。如今的大街上，触目即是女汉子。不知是自身速成，还是时代使然。告别勇哥，我都忘了说一个谢字，留下两片普洱，我想说，勇哥，这是好茶，但我终究没有说。勇哥又去捯饬他的暗箱器械去了。回眸时，他的头泛着老北京的尘光。

沿着复古的街道走，能依稀感受到皇城昔日经商的样子；招摇的店旗炫着各自的买卖，我穿过一条街道，接到一位僧人的电话。他自远方来，我俩每年至少是要见一面的，我说我在大栅栏（我总把北京人所叫的大栅栏念成"dà zhà lán"），他在华侨大厦等着我。我四处游望，希望能从小吃街上为他购买一点美食。路边煎炒烹煮的店铺的确不少，羊肉串摊儿一个连着一个，素食斋却很少看到。不觉到了路的尽头，天遂人愿，有山楂卷儿红晕可人，我本也是爱吃的，便欢快地为僧人称了些，跑到对面去赶车。僧人从江西给我带来了上好的莲子，我招呼了一位信佛的人，又通知了一位居士。一位和僧人是老友，一位和我是老友。我在僧人居住的宾馆里陪僧人忆旧。僧人和江西佛教协会的同道是来京看住院的一诚法师的。他们向我展示了这位前任佛教协会会长的书法。一诚法师的字从书法艺术来讲不算上乘，但从其字的神韵及其内容来看，却处处透着禅意。其中一幅"禅心"二字，竟然把那禅字的一竖笔穿心而去，可见一诚法师的执着。看一诚法师的笑脸，是对满世界的慈祥。近两年法师年事已高，多染病恙，写字少了前期神采，但禅意依然。我边品边悟，自觉收获甚多。

到素食斋吃饭，满桌皆佛，独我为俗人。一居士问禅，僧人语：禅一讲话即是错，禅在悟道中。其实禅怎么好有固定的解释？一百个修佛大家，自有对禅的一百种解释。所以，我认为修行未必一定要跑到寺院里。这就好比做作家不必囚禁于书斋里胡诌几篇文章。我时常对大字不识一个的自创说书人怀着深深的敬意，他们才是最纯正的原生态作家。饭桌上佛人说起一诚法师的几个习惯：一生不摸钱；受施的东西再差也会吃掉；别人赐的上等美食，吃完不会再要。这位法师的自律，俗人当悟其法。

我请的女居士，饭到中旬时向僧人奉上供养，我为她的细心而折服。她的执着体现在诸多方面，春节时，我在外游玩，她去印度膜拜。所以，有坚定信仰的人值得敬重。许多爱情一吹即破或终究要毁灭，取决于两个人最初对爱情的态度。你可以穿进一个人的身体，但你无法融入一个灵魂。佛人讲，一位男士在俗世可以有七次皈依和六次返俗，女士则不行。大概是考虑了男人的善变与女士的坚贞，我怀着恭敬心对待这些信佛的人。

告别僧人，在无人的大街上一个人游走，其实我们每个人都在寻找心灵的故乡。有人看到了名，有人看到了利，有人看到了精神，有人寻到了佛心。物化的世界总给人游走的标志，实际昨天的我不是今天的我了，昨天的你也不是今天的你了。有个作家朋友喜欢对我原生态文学院的学员挑刺，原因是这位学员以前写的文章很肤浅，我对他也说了上面的话。他不同意这个观点，我就说，假如我用你几十年前的作品来看待你今天的写作，你愿意吗？他终于无语了。我知道，一切不变的皆是朦胧的外表，仔细看去，外表也会陈旧、沧桑起来，不是以前的外表了。

在一个人的清晨，我步行穿过一个公园。公园里打太极拳的人最后总有一个收拳的动作，就像一篇文章的收尾，也像勇哥一边卖着卤煮，一边记忆着记忆里的胡同，又想到旅美作家刘荒田先生晚年搬回离故土近的佛山居住，还有我的原生态文学学会的学员们，他们拥有的昨天、今天和明天，更像一个圆儿。不知不觉就走远了，远离开我所住的房间，在那里，我夜晚总要关着灯，然后睁开眼睛，犹如在这大白天里，我总想面对强光闭上眼睛。我想在游荡中寻找一份属于自己的寂静，寂静如佛，寂静多了，禅意就有了。

（2016 年 3 月 16 日写于游燕斋）

夜

琼君是我的好友，他是诗人兼书法家，在琴岛，我们是远隔千山万水的兄弟。时常接到他来自夜间的微信，知道他又在为某一个朋友篆刻印章了。

夜是属于君子的。他是夜海里的一条游鱼，他闪烁着睿智的眼睛，我感觉到了。在暗夜里，他的刻刀直抵一个人的灵魂深处，他要寻找一条能反映对方内在品质和风采的路径。一壶茶，一支烟，一曲微弱到只有蛐蛐儿能听到的轻音乐。在茶室，周围的喧闹寂静下来，探询的眼睛都消弭了，没有了讨价还价的民间烟火味。寂寞与夜色相伴，刻石声与夜莺的吟唱相和，他的眼睛明亮着，如一支独行于深山野林的雄狮，我能听到他沉稳而粗重的喘息声……

我是小人，生活在高大的北京，就变成十分卑微的小人。这小源自于我会突然消失在茫茫人流中，这小相对于到处是大人物的北京城，这小是因为皇城悠久灿烂的文化。我自认是小人，小人是熬不得夜的。整个青年时期，我就不是熬夜的主儿，几次在工地值夜班，偶尔的精神抵不过第二天数倍时间的休息补偿。我知道我是一个没有出息的人，只能做一些正常人所能做的事情。好歹，年轻时的不熬夜，让我有了中年的好身体和老年的童心。夜在赠予你许多意外惊喜之时，也会消逝你的生命力。

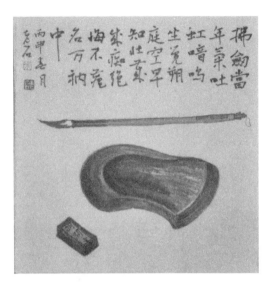

我常常对琼说：不要熬夜！他回应，习惯了。是啊，对一位喜欢夜的君子而言，夜是最好的朋友。夜里的静思与专注，是白日里所难以拥有的。我羡慕琼以及和琼一样能熬夜的艺术家，他们相当于多了人生三分之一的时间啊。

白天不知夜的黑，一明一暗，而兴趣、韵致全变。不熬夜不代表我不会欣赏夜的静美。我的作息时间相对是准时的，一般而言，每晚十点半，我会上床休息，而此前很少是散步的。多半是依偎在沙发上，看书、玩手机。从时间流逝的角度讲，发明微信的人是十足的"罪犯"，在一个时期，碎片化的阅读让我远离了书本。

夜色是需要静静地去品味的。那一晚，我行走在岸边，风和柳丝商量着轻轻游荡，倒映在水中的它们有着别样的情谊，灯光撒在水面上，是有情者的手在拨动琴弦，波纹荡漾，满河的春水啊，让你的心都滋润起来。白日的水们犹如道貌岸然的绅士不苟言笑，夜里它们好像回到家的父亲、母亲和孩子。夜是温柔的大地，养育万千自由的种子。

我喜欢一个人的夜，静思或者仰望。也许是孤独惯了，我似乎不适合群居，更不适合出家。但生活逼迫着我们在喧闹中会滋生出家的愿望。夜是平衡器，让你的静思干净、唯美，富有层次；在静思之后，我会和别人的仰望不一样地仰望着什么。星星或月亮无所谓有还是无的，在夜里，你问另一个真实的自己，你唤回你的另一半灵魂，让静思多了力量，让仰望多了含义。

夜最好用来哭泣。行走在夜里，想想过往，拍拍胸口，一位女士说：真羡慕你们文人啊，你们是有知识的人！我不想去纠正她。我想未来的词典里，文人的词条下，应该加上一条"善于用哭声感动自己和别人的人"，我算不上标准的文人，但我喜欢在静美之夜，享受夜色之爱，文人的情感只有面对无人喧嚣的夜晚轻轻地释放，一如那"啪嗒、啪嗒"的泪水钟声一样流响着。哭，有时为了悲悯，有时为了爱，有时为了世间的万物。

思念亲人，夜是最好的回放记忆的幕布。夜间偶遇为亲人烧纸钱的路人，你会想起另一个世界的亲人们。爷爷、母亲或者邻居大娘。一夜间遁去的青年，或者你认同是自己同类的朋友。他们的某个生活节点的细节，某个关口的缺点，某段生活中的故事，都会让你回到过去，感叹时间的易逝。这夜，给我打开一扇深远的窗口，让我去重温过去，与另一个世界的人对话。

夜会平复我们的伤口。白天属于劳累与奔波，夜则给我以栖息的平台。让大脑躺卧在夜空里休息吧，我无语，夜就覆盖来，宽容、欢快、抗争、奋斗，一贴一贴的药剂服用了，伤口就愈合了，心也就平安起来。如犬一般，在大地上，自我舔吻伤口，迎接又一个明天。

夜里最好发生一些浪漫的事情。《雨巷》的唯美注定这首诗会传唱许久，夜的大度也让情人滋生浪漫的臆想。在夜的笼罩下，虚伪的真实起来，直白的含蓄起来，心底深处的东西会调动出来，招摇的人也会变得君子起来。夜啊，情人们最宝贵的时光地带，在夜中畅游，该是多少情人们的向往啊！

允许夜丢藏给我们一些白天没有的东西吧！心累，脑累，身体累——白日里的愉悦总被繁忙所驱赶，被人情所侵占，被严肃所取代。而夜则赠予我放松，给我以闲暇，馈我以精神。在夜的笼罩下，一切回复到生活的真实，人性的真实，自然的真实。在这种状态之下，我懂得了人之为人的道理。不去惊扰夜吧！去给夜添一份静谧！

夜不仅仅是属于情人的。夜有尊卑老幼，夜藏道德伦理。在夜里，与朋友聚，欢声笑语；与亲人聚，浓情蜜意；与同事聚，剥去面纱；与弟子聚，传经送宝；与儿女聚，享天伦之趣。即使一个人，在夜空下，独享这夜的静谧与安详，也是唯美的享受。

最有韵致的夜，既要有月光，也要有灯光，在明暗中，神秘着。享受天籁之音，感受人间生活，才是人间正道。日之阳，夜之阴，日夜穿梭，阴阳才能平衡。深深感受夜之静美，才会让我们的日常洞见丰富起来。

我喜欢在夜里胡思乱想，因为夜给了我这样的自由，没有人再像白天一样瞩目我们的容颜，因为夜给了我真实、自然的勇气与力量！

（2016 年 3 月 17 日于北京游燕斋）

有关书画的一个夜晚

夜静如月，月如书法家的明眸。君胖，乘其车，入大店喝茶。书家多为胖者，早有一书家抵店，瘦如品茗之银针，先生已过七旬，喜欢下午静坐，久等吾般中年。银发染黑，每日步行两万步，身削如刀，语多捡胖的说，直抵神经，如其说"一生没做过梦"等语刺激我心，类同书法家京城颇多，亦觉不以为然；然知其书法也如其话语，有气势也就罢了。形虽弱而气如牛，伴者插言而不能。少酒多菜而慢慢品茗。心相近，话相远，左瘦右胖，如灯如影。风也大，势也大，而气息跃然。不知不觉间，席上已无鲜物。闻瘦者高言，胖者无语。如此唏嘘再三，离席而去。不觉殿堂之大，只觉沉迷之累。恍然席间多有褒己贬人之语，书家相聚，大有舍我其谁之感，人人自称为皇帝，个个皆为我学生。遂哑笑。吾只顾喝酒，一杯又一杯。

天无繁星，地无细雨，空有迷雾，更觉京城朦胧。酒毕，别瘦友，携胖兄，抵莺歌燕舞之家，筵席刚撤，满屋飘香，盖四壁之画美。木地板呈天然之色，茶几亦有剥皮树木之野趣。大画家苗某，侃侃而谈。语画家趣事，描作家凡态，嬉笑怒骂中见其风骨性格。齐鲁多傲士，如成为文人，则如玉石之雕刻，却见圆润中的刚硬。中国文化博大精深，书画家集传统与现代于一身，臧否人物与评点雷射灯前后跟脚，是技术与文化的统一体，优越于我等只会写点小文章的作家。书画家集气韵与技巧于一身，纵横间，天地为之动容，往来万年历史被其捏为一体。其身旁两画家，神情相和，多有妙语如珍珠落入玉盘；间或有几枚美女，话语如乡间森林之风，犹如清泉叮咚于溪涧，行走于室内之中，似琵琶轻弹，又像雨打荷叶，轻舟逸过。才子佳人品画说史，不知不觉天已渐晚。

窗外虽黑，心却亮了。

挪步换心，看墙上诸画，如篇篇哲文，入眼即醉。有形神兼备者，牵吾心怀，其猫卖萌，其蝶欲飞，有写意之画，气势逼人。凌云飘雨之状入心入脑，早忘笔墨颜色。中国书画之美，爱人、成人、壮人、诱人，功莫大焉。

辞行，出门，下楼。

马路上已有雨水与落叶，夜天呈空明之色。

胖兄送我抵家。

不觉已至室内。夜很静，风也停了，伊人已眠。

雨后的窗外，挤进几颗星辰，亮得刺眼，我狠狠盯住它们，好大一会儿，它们依然挂在空中，无视我的感觉。

难得的一片空明。

今夜，以不睡入眠，臆想荷叶上的蛙鸣。

乡下，正是捉知了的日子，而城里的人已酣然入睡。

我行走在城市与农村之间，在没有月亮的夜晚，遥望雨后的天空，星辰与我相伴，还有画家的妙语，美女的呢喃，更有胖书家的叮咛。

我醒着入睡了，夜，却真正地睡去了，到后来，天上星星也闭上了眼睛。

天亮了，困意袭上来，地铁上空虚的座位，对旅者而言，是一张床，一张可以让思想安睡的床。

车开动了。我的双目闭上，思想开始梦游……

（2016 年 6 月 30 日写于游燕斋）

苍山医院的那个下午

其实母亲在那个医院里住了不过两周，我去的时候，弟弟、妹妹依偎在床边。医生是一律的白，白帽子、白大褂，我知道，白意味着干净。

遇到高中时的一个同学，他在县医院门口，看他弱不禁风的样子，我想去扶着他，其实，他作为外科大夫，成为这个医院的一把刀，却不能让自己的身体强壮起来。母亲住的是内科病房。我和弟弟妹妹围绕着老娘，老娘的笑有些勉强，声音也很微弱。高血压导致了母亲脑溢血，老娘已经住过几次医院了。农村吃咸菜的习惯，让不少人身患高血压。母亲喜欢吃咸菜，是家穷养成的习惯；家境好了，习惯却不容易改了。母亲是个中心，在医院里，几个子女围绕着她老人家，老人幸福的样子让邻床寂寥的病人羡慕。

那一刻，她偏出现了。她先认出了我，脸上泛起红晕，脸明显地胖了，找不到她上大学时的样子了。岁月无情啊！泰山脚下溪水边她的笑脸永远不见了，皱褶爬上了她的面颊，我不忍细看。那时，为了见她，我要先从白马山赶到济南站，等晚班列车抵达泰安。医学院的大门永远那么神秘，我俩像地下党一样在溪水边的一大块石头旁接头。羞涩胜过冲动，山水片刻变美，风儿很爽，阳光也是香的，鸟儿欢笑着飞来飞去。

世界真灿烂。

听着她此刻的沙哑声音，天好像暗淡起来了。对母亲还是轻声软语的，那一刻，我好像悬在半空里，上也不是，下也不是。

时光总是在不经意的一瞬间，让你重温自己过去的历史。她走了，浅浅的问候，好像一切都没有发生过。弟弟妹妹们赞美着医院的美好，医生的服务周到。我去药房支付药费的时候，发现好多药，母亲其实并没有用过。去找与她对坐开单子的男医生，才知道被他转嫁了费用。我眼睛紧盯着那男医生，沉默着。男医生的脸色和白大褂一样白，我什么也没有说。之前的单子已经持续了好多天，我严厉批评弟弟妹妹只看到了处方的白，看到了医生的和蔼可亲，没有看到医生伸向我们钱袋里的手。话当然是避着母亲说的，母亲不能知道这些，兴奋或者恼怒会加重她老人家的病情。

她和男医生若无其事的样子，我却心事重重。

爱人从曲阜赶来，因为琐事在病房里与妹妹大吵大闹。母

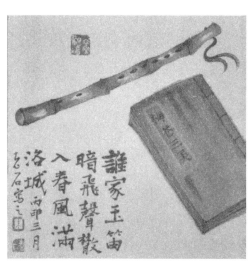

亲的脸扭曲着，那一刻，我的心在滴血。她和男医生出来劝架，好像经年的故事一定要在这一瞬间展演，我想说，却什么也说不出；想找个地缝逃遁，但我却不能。我不知道该怨恨谁？她还是男医生，妹妹

或者爱人？县医院成了我人生喜剧的浓缩点，如石头泡在水里，化不开。

不记得母亲何时出院，只记得自己似乎在梦中。

泪在故乡无声地流，这是故乡县医院的一个平常得不能再平常的下午。

医院里四处可见的白，白墙壁、白大褂、白处方，白得出奇，白得好像有些虚伪。

近处的一切东西好像很远了，而远处的东西却一点点涌来。自此很少回故乡了，故乡的确远了。

那一刻，注定了与爱人的远离。爱也变得很遥远了。在生与死的抉择里，爱的试纸不过是宽容和平静。

这个平凡而奇绝的下午永远遗留在我心里，无法驱赶，至今回忆起来，依然那么惊心动魄，不可思议。

（2016 年 7 月 1 日写于游燕斋）

巢

抵达这座城市的时候，我一无所有。我蛰居在单身宿舍里，下班后去看树上的鸟巢，我很羡慕它们。这些天天鸣叫的鸟儿，有自己的灵魂吗？我不知道，它们的巢有的高高悬着，有的则在很矮的树杈上。但显然它们是幸福的，和那些有着住房的同事们一样，在皇城，有住房就意味着可以自由地鸣叫。

我在北京什么也没有。我习惯了从一个城市到一个城市。在无人的夜晚，我遥望树梢，鸟儿已经入眠，它们奔波了一天，然后钻到巢里享受天伦之乐。

我养成了拍鸟巢的习惯。夏夜、秋天，特别是冬日里，鸟巢成为北方田野里最温暖的象征。而在我行走的路上，鸟的执着很像一位扎根在这座城市的流浪者的信心。在城市里的鸟巢四处可见，有的在优雅的小区，有的在嬉闹的公园，有的在护城河边的树上，更多的在校园里。它们像它们的主人一样自由洒脱、随遇而安。拍摄鸟巢最好的时光是在树叶落尽的冬天，夏天的鸟儿藏在树叶中，那时，鸟儿们是欢快的，鸟巢在树杈上十分明显，嘲笑着我以及和我一样的北漂儿。

还是夏天好啊！巢儿们躲在了树荫里，流浪汉们也能自由自在地睡在大街上。而我还是喜欢冬天的。

冬天孤零零的树，鸟巢成为温暖的象征。一家人？爸爸妈妈以及他们蛋壳中的孩子？在寒风之中，这些鸟巢成为最自信的宣言。我想，在北京冬天的树上能留下来的，一定不是什么候鸟，它们习惯了这片冬天凋零的土地，甚至熟悉了楼房里传来的香气。更多时间，我会围绕着一棵树，一棵架着鸟巢的树旋转，我在从不同的角度看着这些鸟巢，想象着这些鸟儿们怎么样去衔着一根又一根木棍，一点一点地搭起它们的鸟窝来。

鸟巢让我自惭形秽，我知道自己的建筑设计水平和施工能力无法与精明的鸟儿们相比。它们是事先算好了尺寸还是通过无数次实验？是一个人辛勤的劳作还是几个鸟儿联合作战？第一根棍子支撑在哪里？摆放棍子时这只鸟儿是踌躇的还是欢快的？仰望一棵树，仰望树上叽叽喳喳的鸟儿，我无比佩服它们。它们是何时搭建这些鸟巢的？是春天还是冬天？假如有一场狂风把它们搭建了一半的鸟巢吹散，它们是否会垂头丧气？鸟巢竣工的那一天它们是否也会隆重地聚集在一起欢歌起舞，犹如我们一样搞一个竣工典礼？我天天路过树林，看到的却总是完美的鸟巢。鸟巢的建造过程对我永远是个秘密。

我慨叹我在城里的生存能力还不如一只鸟儿，鸟儿选择了一棵自己心仪已久的树，就可以安营扎寨，在湖边以及蓝天白云之下，它可以自由地欢叫或者哭泣。我想，很多画家画的仅仅是鸟巢的外形，鸟巢内在的肌理该是怎样的一种状态？大鸟的巢自然有着达官贵人的富丽堂皇，它们在修建自己房屋的时候，是否驱使着奴隶一样的小鸟儿日夜劳作？是否有急于求成的鸟儿积劳成疾？

一年又一年。

鸟巢隐去了，又浮现出来。

鸟巢在天空下，如一位旅途者的表现，在不同的时段，给人以不同的形象。

在炎热的夏天，我依然会围着一棵树去转，树叶隐藏了鸟巢的所有秘密。但鸟鸣暴露了鸟巢的位置。夏日的鸟巢缺少了冬日里轮廓清晰的表达，但也给欣赏者几多隐藏的神秘。

我看着鸟巢，一年四季。每天经过它俯瞰的位置，我都要仰望那些让我敬仰的鸟巢以及鸟巢里的鸟儿。

我知道，与一只鸟和鸟巢相比，我连哭的勇气都没有。

有时，我就在深夜，祈祷狂风、暴雨、冰雹，躲开那些鸟巢，让它们的夜比它们的白天更舒服。

（2016 年 7 月 1 日写于北京游燕斋）

眼　睛

我曾经极为相信长在我身上的各类器官，认为它们是我终生的追随者，譬如眼睛。我的眼睛不大，大半生受益它的颇多，从读书看报到游逛大自然，从欣赏美女到瞩目微信，眼睛功不可没。我有时夜里，关了灯，在黑暗里睁开一双单眼皮的眼睛，眼睛不美，就这样一直不美了许多年；但眼睛一直忠于职守，忠于那位叫"戴荣里"的人。从一个地方到另一个地方，失去了友谊和爱情，它还跟着我；失去了金钱和地位，它还不嫌弃我；失去了母亲和故乡，它还让我看到很多故乡的信息；失去了太阳和月亮，它还会给我以温暖和平静。眼睛成为锁定记忆和回想生活的窗口，虽然这是一个蹩脚的比喻。上帝给人类许多让欲望和理智平衡的器官，身体的进与出，似乎都有物质交换的意味，嘴巴的吃意味着排泄口的出，耳朵的听意味着搜罗进自然界的一切声音；呼吸是需要空气的，通过鼻腔，当然也可以通过嘴巴，这些吸纳的部件构成身体平衡的一部分。当然，最最重要的还是嘴巴和鼻子，耳目虽然重要，纵使没有，也毕竟不至于死人。

但没有眼睛的痛苦，只有后天失明的人才能感觉得到。这双眼睛跟着我，从农村走向城市，从荒僻走向繁荣，从昨天走向今天，从严谨走向宽容，它功绩卓著而又平淡如初。我之所以要感谢它，感觉它不仅仅是我身体的一个器官，它让我的眼耳鼻口舌的感觉完美地统一起来。我相信它，呵护它，刚刚近视我就为它配了一副镜子，我希望我的眼睛是第一个富有尊严的器官。

然而我错了，从接受清晨的第一缕阳光开始我就错了，从朦胧的孩童时期我所期待的所见我就错了，从电视屏幕上所见的道貌岸然的家伙所给我的强势里读到的自信就开始错了，从相信朋友信誓旦旦的承诺时我就错了，从她微笑的眼神传递到我的眼神误以为那就是爱情我就错了，从观看两个人配合到以为他们拥有一份默契我就错了。我怎么会有这样一双看不到物体深处的眼睛，体察不到内心世界的眼睛，被事物表面所迷惑许久的眼睛？我的眼睛成了我的敌人，它让我追随、相信、卖命或者自以为是。眼睛的罪恶胜过头脑的浅思，眼睛的背叛胜过所有朋友的背叛。我开始厌恶自己的眼睛，有时在洗手间，我反复揉搓、清洗这样一双眼睛；有时我在眼镜店里，渴望用

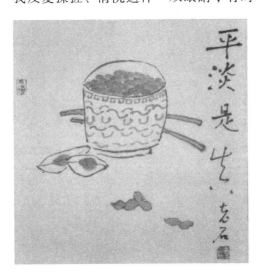

一副眼镜矫正我的近视、散光、肤浅的观察，但师傅告诉我，有些功能他们无法满足我，普天下的眼镜师都不可能满足我。

我只好携带着和我貌合神离的眼镜游荡在这个充满真实与虚假的城市里，任凭

眼睛故作玄虚地向我汇报它所见到的一切美好。眼睛给我以平静的地面，有时我只能用心灵去揣度埋在下面的地雷的模样；虽然这样做失去了过去曾有的美好心态，但为了避免眼镜对我的再度侵害，避免自己跌入万劫不复的深渊，我也只好这样弄巧成拙。

毕竟我不想让眼睛失明，因为这双单眼皮的眼睛毕竟为我带来了这个世界的光明。它虽然是单眼皮，不美，旁边还有两颗小黑痣点缀，但它毕竟给了我那么多真实的过去，让我感受过这个世界的美好与丰盈。

（2016 年 7 月 2 日于光大花园）

一朵 2010 年的牵牛花

这是一朵 2010 年的花，牵牛花，它静静地安眠在我的笔记本里已经整整六年了，如当初看到它的模样：舒展、典雅，你能想象到彼时的它沐浴在雨中的样子。

那是 2010 年夏天的一个中午，彼时我在良乡，已经来北京一年有余了，一个人住在单身宿舍里，楼四周盛开着形态各异的花。周末，我行走在花们中间，有的花硕大无比，有的艳丽惹人，独牵牛花如超然的圣女，静静地开着，不施粉黛，样子极其柔美。夏日的午后，皮肤被灼烧着，它却依然面目清秀地立在那里。

我与它们轻轻地对话。

它们一朵朵含情脉脉地立着。风一吹，集体打个旋摆，袅袅娜娜的，如按一溜琴键过后的连声，它们在说着一致的话，宛如一个个听话的孩子。我站在这些牵牛花面前，那时雾霾正浓，一周有几天浓雾弥天，这是难得的一个晴天，花儿们亭亭玉立，好像一切都是美好的。花在阳光下，欢笑着相互致意，看不出它们的一丝衰伤。来往的行人无视它们的存在，它们太普通了，普通得像城市的打工者，在花的海洋里，牵牛花像淡出江湖的侠客，在保持着自身独特气质的同时，与其他花儿们也保持着严格的距离，无论花色、形状、摇摆的姿势。那一刻，我猛然喜欢上它们，一朵一朵地数落开去，又一朵一朵地数落过来，这让我独孤的下午又增加了许多孤独。

在这个城市转眼生活一年多了，过去的一切似乎都和自己进行了切割。知音，友情，爱情甚至亲情，在城市的一隅，在我所不喜欢的一个处所开始了我卓然独立的生活。牵牛花像知

道我的心思一样，每天下午，我都会和这些花儿们对话，花儿们好像知道过去的我度过了怎样的历史，我在心里向它们诉说，它们不时地点头迎合。当我有怨言告知它们，它们淡然相对，花儿们很像我的一双手。

有时，我对着它们流泪，为过往，为现在，为未来，他们聆听着，一如同情你的长者。我眼观着它们，耳听着它们交头接耳所发出的声音，与它们在一起，我不再感觉到原有的孤独。

整个夏天，这些牵牛花成了与我进行情感交流的花中仙子。

在某一个艳阳高照的下午，北京良乡的围墙边，一位把这些花儿们当作亲人的山东汉子，完成了与牵牛花一次非常动情的对话。我希望圣洁的牵牛花，在这个雾霾重重的城市，清丽如莲花。那是一个美好的周末。

　　我想着自己一个人，从山上走向城市，又从城市回望故乡，想着一路风光，想着形形色色的花儿，独有这牵牛花走进了我的心里。艳阳下，我贴近它们，看着它们像花又像叶，亮丽又淡然的样子，一份无名的感动顿时充溢在胸。

　　我要将这份感觉永久地留下来。

　　于是这朵牵牛花定格在我的笔记本里。

　　这个细节今天想来十分清晰。抵达2016年的夏天，当我偶然间再一次触及它时，我的心亮了一下。花依然带着那天下午的气息，犹如一列开自那个时点的列车。

　　回望这六年。离开京郊的日子里，很少再见到这种牵牛花了，我的孤独依然。

　　很想再去良乡，在这个夏天的一个下午，静静地与它们重温一场对话，享受孤独。

　　只不知，它们还在吗？

（2016年7月5日于北京）

眼　镜

只写眼睛，不写眼镜，对不起读者啊！一位同学发来信息，想想也是。今晚就写眼镜吧！

——题记

我的眼镜度数不高，开始，左眼 250，右眼 250，后来散光，再后来老了，两个眼镜片一个加到 275，另一个减到 225，验光师测量的，这度数就有了些禅意。

大约读高中时，对戴眼镜的先生或者学生十分羡慕，那时眼睛就有些近视，想配，老娘钱紧，近视大多是煤油灯的功劳，晚上看《金光大道》或者《暴风骤雨》，累坏了，假性近视，原本过一段就好了的。还是羡慕那些配眼镜的人，儒雅，有学问，或者显范。鸡屁股是乡下人的银行，我不敢要娘卖那些鸡蛋给我配眼镜。

接班去工地，学会了第一次喝酒，也开始真正步入近视。工班里的大通铺很美，师傅喝酒、小伙子练字，床铺开被子可睡觉，揭露出床板可当饭桌。打嗝放屁之声相闻，荤话素言之音常听。看书多，解乏祛累。眼也就开始近视。但在工程队，不敢去配眼镜，怕人笑话。

脱产读三年电大，天天看电视上课，课毕，看电视剧《霍元甲》，视力下降很快。那时带工资上学，每月工资几十元，一多半要邮寄给乡下的父母，一副眼镜不过二三十元，舍不得配。常到济南精益眼镜店逛游，看了一副眼镜又一副眼镜，想配，想想家人，也就算了。快毕业时，眼睛恍惚，最终还是配了，当时还做了一套学生装，眼镜配那服装，人就有点傻。记得那年铁路发制服，工友们新奇。我则大盖帽配眼镜，有点像间谍片里的特务。

眼镜终究是要配的，配眼镜的感觉很好，验光师指指点点，字母忽上忽下，朦胧地清晰起来，脑袋好像空明起来。在工地做技术员，近乎一个农民。有一次去某档案馆交接技术档案，头撞在玻璃门上，玻璃镜片碎了，所幸，

没扎着眼。戴眼镜有风险，毕竟不是自带的器官。

每换一个单位，大都要配一副新眼镜。这些年，游逛了七八个单位。有人说，去这么多单位工作过的人不安分，有人说，还是常年在一个单位的人老实可靠。我只是笑笑，笑过之后也还是笑笑。我的眼睛知道，眼镜的品位是越来越高了，纵使碎了，也不会轻易伤着我，镜片变了。

伊是以贵为美的。每次配镜子，我心惴惴不安，生怕验光师说出个天文数字；而伊则对高价位的眼镜情有独钟，我则有

少年情结，贵了，犹如摘了我的心——这大概是穷怕了吧？配镜子多在这种纠结中无功而返。有一次拿定主意去配眼镜，店员是鲁南人，说话乡音满满。举止柔情四射，本想配一副走人，可小老乡小巧可人，把即将淘汰的眼镜擦拭一新，还免费换了托架。最后她说镜子还可以再用。踱出店门老远，小老乡的香气依然没有散去。

北京城里有便宜眼镜，在潘家园，可享受批发价。一次，与伊同往，在下岗工人组成的店里，眼镜价廉物美，配了一副，还不足人民大学附近眼镜店一副价格的五分之一；又至一店，美女巧舌如簧，说得让人心动。遂中招，听其摆布，终于加配了一副，也算英雄难过美人关的佐证。临别，与美女合影，晒朋友圈，跟帖人超过平日数倍，可见国人对男欢女爱的重视。有人直露相问：是不是奔着美女去的？还有人担心，晒这个照片，伊定会大闹不止。伊看后就笑，她笑自己拍的这张照片还是不错，我的笑意总呈现出见了女人就拉不动腿的表情，我无置可否。那女人和这眼镜一样，常被人当作了道具，不是你想辩解就辩解得清的。

近视眼配眼镜，就多了比正常视力者所难得的一份感受。

（2016 年 7 月 3 日星期日于光大花园）

悼田静

她在我的印象里，始终是一位浅笑的妹妹。不张扬，不呼喊，平静得像我每天上班路上所看到的那一池碧水。在鲁迅文学院上课，我们的语言交流不多，但通过眼光交流，我能感受到她的矜持与优雅；一起共餐时，她的推让和尊重，让我感觉到北方女子少有的细腻。这是一位来自石家庄的同学，因为在河北省作家协会工作，和许多作家熟悉，但很少从她的嘴里，能听到攀龙附凤的声音。她平静地与你交往，犹如春天的风。

银杏叶洒满院子，一地金黄的优雅，她站在院子里，让我给她拍照，近景、远景、楼上、楼下，她的穿戴与天地混合成一色。同学们大都喜欢在银杏树下照相，那时的她，在秋日的暖阳里，一种怡然自得的感觉，看上去就让人心情舒展。

再见到田静时，是去山东参加一次笔会。那一次，好多同学相见，鲁24永远是一个团结向上的集体，同学们欢呼雀跃，我聆听着同学们的话语，好像听到久违的乡音。田静依然是那么平静，悄悄地喊我戴大哥，好像怕惊扰了我似的；吃饭时把椅子推到我跟前，让我心头一热；喝酒她是克制的，最终却喝红了脸。

　　会议结束，离开的时候，大巴车中途出事，田静面露难色，她要赶火车，同学郑旺盛和我一起决定打的前往，田静一路上诉说着同学之间的友谊，一面说着她幼小的孩子。等到了淄博火车站，我们在候车大厅里，田静脸上溢出笑容。作家同学在一起，很少说写作，生活中的细节倒是提到许多。旺盛同学的阳刚大气与田静同学的柔美浅笑，让我的这次笔会有了一个完美的结尾。

　　此后的几次笔会，我因为限于时间紧张，没能参加。田静同学有时会给我发来微信，在她的微信圈，每当遇到她和女儿甜蜜的对话，我会在后面点赞。她会为蒲公英的绒毛飘逸发出"好亲切"的感叹；也会带着女儿去散步，她更乐于与女儿进行现场对话。孩子把松针看作牙签，还会说柏树秋天会结出面条。为了怕伤着孩子的手，孩子让她剪纸片的时候，她会细心地把纸片剪成圆角，一位慈爱的母亲留给孩子的是万般呵护啊。她怀着对自然的热爱，欣赏一条路，品味一片树林。看她的微信圈，有时就是一种享受。即使报道作家间的交往，也充满了对作家朋友们的尊重。她把风都看成是可爱的，在她的心里一定藏着欣赏万物的因子，因为有了爱，她的文字具有八〇后女子的温度与时代感；她偶尔也会晒一下自己的拿手好菜，同学们的跟帖以旺盛最为有趣"上得厅堂下得厨房"，我想这是对田静最恰当的赞美了！她对同学文字的推介则是由衷的，程雪莉、蒋殊……她推崇每一位同学，都是自然、充满爱意的，鲁24同学的凝聚力从中可以体会得到。

　　然而，7月6日晚的噩耗中断了这位女子的美好追求，将我的好同学田静的美好永远定格在记忆里。同学们锥心裂肺的疼痛扩展在鲁24微信圈里。深夜，当我听到程雪莉沙哑的哽咽声，

我的心好像被人掏空了一样。作家之间最珍惜的是一份感情，或者说文人靠真情活着。我们完整的鲁24，因为田静的离去，顿时失去了一大片天空。

整个夜晚我难以入眠。田静，这位静静的女子，来不及和她只有三岁的女儿道别，来不及和同学们发一次微信圈，就匆匆离开了这个世界。

我仰望天空，她一定在天国里回望，那个美妙的秋天，启程的火车，女儿的呢喃……不知不觉，泪已湿润了面颊……

（2016 年 7 月 7 日晨写于北京游燕斋）

附背景资料：

河北文学院第十二届签约作家田静，生于 1981 年，供职于河北作协。2016 年 7 月 6 日因病辞世，年仅 35 岁。田静系中国作协会员，鲁迅文学院第二十四届高研班学员。兼任中国报告文学学会青年创作委员会副主任，河北作协报告文学艺委会秘书长。生前热爱文学，勤奋笔耕，先后出版长篇报告文学、散文集《国家储备》、《攻克石家庄》、《边关万里》等。在《文艺报》、《中国报告文学》、《山东文学》、《映像》、《河北日报》等报刊发表报告文学、评论文章《被吞噬的记忆》、《电梯与人的距离》、《你想让人们看到什么》等。无情的病魔夺去她年轻的生命，河北痛失一位优秀的青年作家。

无目的的旅行

我的电脑桌面是一张去衡山拍摄的照片：古树参天，路面伸向远方。我喜欢这样的意境，找不到目标的感觉是最好的一种感觉了。闲暇里，我最喜欢的就是无目的旅行，犹如爬山，十分厌恶沿着别人习惯的路。风景名胜的介绍是最乏味的。我喜欢自己去发现，这样的美妙是外人所不能体会的。

喜欢一个人沿着不规则的路，感受没有目标的旅行。心头没有任何负担，蓝天白云似乎也不苛责于我。平日里看到那么多面具，在这深山里，小溪旁，或者树叶们筛下来的阳光里，你站成一棵树，把手臂伸成枝条，感受光与影的自由。酷热不是一群人的酷热，剜一缕风擦汗，风也不恼；注目荷花一个小时，荷花也不嗔怪。一切真实、自然。我的眼睛也纯净起来，心放松，身体也放松。

在泰山几处绝顶至上，没有人烟，我不知道自己怎么爬到了这样的顶峰，大片平整的山地犹如一处圣洁的草原。我裸体在山顶上奔跑，白云鼓励我，草地欣赏我，野兔也说我"真好、真好！"在号称文明的都市里生活，每天我都要保护好我的私处，生怕失去了礼仪，或者被徐娘半老的眼光窃取。报纸上连篇累牍地报道一位满头银发的长者在公交车上的龌龊故事，我惶恐着，有人的世界原来这样肮脏。大地、白云和野兔，在山顶上四处可见。它们相互欣赏着，我也欣赏着它们，它们也恬静地看着我，看着我和草地一样裸露的身体。我感觉到短暂脱离人世间的圣洁——也许这个词我一用，它就不是以前的圣洁了。整个山顶上，一切毫不掩饰，一切回归原始，我躺在草地上和草儿们对话，仰望蓝天，看那野兔竟然一点也不惧怕地走向我。松鼠跳跃着，像一位诗人迎合着某一项运动。我喜欢在

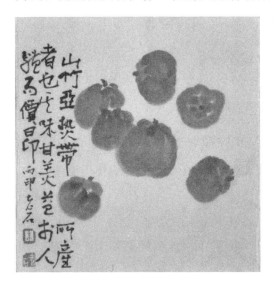

这样的空间，与自然融为一体。假如有一天我离开这个世界，请把我赤条条地埋在山顶——不用棺材，不用穿衣，不用任何饰品。靠土地生存的母亲养育了我，我要回归土地，何况我已经深深厌恶俗世的虚伪。每一次无目的旅行，对我都是一种解脱，我在无人的山顶裸体行走，脑子里却是大片虚伪的人群，找不到一双清澈的眼睛。我几次试图挣脱他们，他们依然紧跟我身后，窃窃私语。我只能离眼前的山顶更高一点行走。这使得我的无目的行走成了达到一个目的的附庸。

我开始扔掉脑海，让眼睛思考，让鼻子思考。或者干脆闭上眼睛，屏住呼吸，让耳朵思考。耳朵在蓝天白云下里面，如擦拭一新的铜器，散发出金黄的光芒。它敏锐地接受着来自大

自然的呼吸。山顶的风已不是轻轻的一缕,变成呼喊,变成咆哮,变成自然的警告,雨儿就要来了,我听到松鼠在松树间上下翻飞,野兔也在虚张声势地嚎叫,草儿们左摇右摆,我有拿衣服遮蔽身体的冲动,旋即被这种念头激了一下心灵。我的身体,已经习惯了虚伪的遮掩,不知道裸露才是一种原始的真实。

此刻,我渴望一场大雨,大雨会把我身上的污垢彻底清洗,那时,我再睁开眼睛,重新开始一场真正的无目的旅行。

（2016 年 7 月 9 日于光大花园）

无目的的旅行

扇　子

故乡的院落一直荒芜着，打开门，像看别人的家。爹娘去了天堂，每次回故乡的院落，我心空着；到堂屋里看熟悉的物件，落满了灰尘。柜子上，一把母亲用过的扇子，也落满了灰尘。我看着它，好像看到了童年的自己。

一把蒲扇，是蒲叶做的，似圆非圆的美，曾挂着没有褪尽的绿。用着用着就让时光镀上了黄色，

母亲喜欢用这蒲扇，摇起来，风大。

蒲扇很好，故乡家家有，扇去了一个个酷暑，一个个朝代。这种蒲扇，大概用了上千年。路边大树下，卖西瓜的人，光着上身，胸毛显示原始风采，蒲扇驱赶苍蝇飞虫。现在很少见了，仍然有，在深山里。看这样的图景，心热。少时的家，苍蝇如影随形，不像城市，看不到苍蝇。感觉到有苍蝇才算乡土。蒲扇赶跑它们，又飞来。像追着车跑的儿童，呵斥走了，又围拢来。苍蝇是故土的顽强飞虫，它们的生命力值得赞颂。

蒲扇写满老歌，一位母亲为婴儿摇着蒲扇，扇子风轻不伤人，一绺一阵，一高一低，一走一来，没有电扇的蛮力，也无空调的深入骨髓。因那蒲扇借助了母亲的力量，空气里游荡着慈祥。

母亲的摇扇至今记忆犹新。白天里，扇子扇灰尘、赶苍蝇，到了冬天，蒲扇也常在生炉火时拿来煽风点火。

暑夜里，天井中，一家人在凉席上，看天上的星星。弟弟、妹妹叽叽喳喳，花喜鹊一样。娘摇着蒲

扇；大街上乘凉的人们，教着孩子们唱儿歌：花喜鹊，尾巴长，娶了媳妇忘了娘。娘笑了，我则低声跟着学，蒲扇驱赶着蚊蝇，蒲扇摇睡了弟弟、妹妹，摇睡了星星，也摇睡了娘。娘手中的蒲扇却是醒的，在夜空中，唤来微风。我睡不着，奇怪母亲发出鼾声而蒲扇依然有节奏地摇动。在今夏之夜，回想这一情景，整夜微凉，满目蕴泪。

比蒲扇文雅的自然是折扇，各式各样的折扇令人称奇。去南锣鼓巷看朋友，扇子店里的折扇有的上千元，可买故乡的蒲扇好几车。折扇自是精美，喜欢书写扇面的书法家，有一位南京的女子，静雅洁然，书扇于我，时时欣赏之；还有画猫的兄弟，扇面上的猫栩栩如生，一摇就如要去捕捉蝴蝶，此物太雅，怕是驱赶不了苍蝇。曾有一段时期，我善学达官贵人，一撇，啪一声，打开扇面，犹如打开众人称羡的世界，那份感觉奇好。扇面打开的瞬间，如武士的一个亮相，潇洒、爽朗、有派，显尽雅士风骨。最好的功夫不是打开扇面，而是合上的一瞬。回手一挥，整洁的画面顷刻全无。在打开与折叠期间，伴随着啪

啪的声响，一个人的洒脱之气荡漾在天地间，人会感觉无比超然。那时学开合扇面之技已达出神入化，绝不会用第二下。开合之间，自信时常溢于脸面。

而如今，不知什么原因，扇面开合失去了那份洒脱与自由。或许是自己老了，或许是扇子质量差了。但扇店里的扇子们却越来越美了，不乏名家大师的书画藏在里面。

只好买一个酷似蒲扇的扇子，在城市之夜，摇啊摇，摇出老娘当时的模样。

只是，疲倦时常袭来，我没有娘的功夫，扇子撇在一边，呼呼大睡而去。

（2016 年 7 月 9 日于北京光大花园）

我本姓戴

鲁迅先生很聪明，写文章用的笔名最多。我有一个笔名"游燕"，却很少用，主要是为了纪念我 28 岁那一年，和荒废营房里的一群燕子生活了一段时光，我的书房叫"游燕斋"。写文章用真名的好处是敢作敢当，坏处是会引起人的联想。有些人喜欢对号入座，针对共性而写的杂文可能被一些人引到自己身上来。所以，有时写文章，不得不顾及周围的人和事。

在流井村，戴姓是大户，有些本家我也认不全；春节磕头，一家一家地去拜，大半个上午就没了。"文革"中有人将戴写成"代"，字画简洁了，我总感觉那是赝品，后来借一次机缘，自觉写成戴。现在还有写"代"的，我也很少说，要不人家说我认识几个"蚂蚁爪子"就"烧包"。好歹姓就是一个符号。戴家家族大，随便写去吧。

家族大，就有远近之分，戴家在流井村分三支，大约是三兄弟的后代传递下来。我家则属于长支长，大概是大儿子的大儿子的意思，人丁不旺，想必辈辈家穷，也与儒家文化老大当家矜持、缺少进取心有关。穷且益坚，不坠互帮之志，这一支人很团结，有红白喜事，一支人争先恐后，出钱出力，十分亲

近。少时在乡下，倍感亲切。出来工作近四十年，乡音已改，血脉仍存。每有同族人来京，心下惊喜，犹如又回到族中。戴家的祖坟依山靠水，好大一片。谱碑立在正中，说着曾有的辉煌。爹娘去世，山坳里嚎哭良久，才觉心安。倘若父母安眠在城里的墓地，总有悬空的感觉；将来我离开尘世，不一定会依偎着父母，我想睡在高山顶峰上，静听天籁，这是后话。

　　戴姓不算大姓，但也绝非小姓，我对"宗亲会"之类一向不感兴趣，我非离宗叛道之逆子，总有超然物外之风范。想想少时，偌大一个村，戴姓之大，并非都是好人。所谓林子大了什么鸟都有，帮你的未必同族，害你的正是本家。鲁迅改周姓为鲁，一则为安全考虑，再则有对族性的洞察。当年李世民为了皇位，兄弟亦可灭，传下来为名利不顾亲情的乱伦文化。戴家不乏恶贯满盈者，这一点想想就寒心。所以不热衷去参加什么宗亲会。更何况宗亲会中原本就鱼龙混杂，一些人假借一姓之近，行为不轨，还是远离一点为好。

　　姓氏的发展越来越成为一种符号，时过境迁之后，血缘也会发生变异。中国文化"龙生龙凤生凤"的观念遇到世界一体化的风潮也会转基因。所以我对秦桧的后代未必当心，对岳飞的后代倒是谨慎。我太习惯生活在习惯里，就像太习惯生活在自己的姓氏里。因为姓氏的关系,我曾经做过许多不理智的事情,后来才知道血缘这东西有时害人。

我本姓戴,戴姓是个不错的姓,就是写起来难写,在若干年前,单位里的同龄人为了把我选下去,把我本常写的"代"改成"戴",然后"按姓氏笔画为序",虽然他并未如愿以偿,我则从此坚定了一生写"戴"字,再也没混用。

我本姓"戴",这个姓很端庄,有古意,我时常久久注视着这个姓氏,一言不发。好多人给我介绍这个姓的悠久历史,我听若无闻。我不知道这一切与我的关系有多大,我只知道我名字的前一个为族类的符号,中间一个为家谱的排序,只有最后一个"里"字,借了我的乳名"万里"的一半,而"万里"正是为了纪念爸爸那一年从东北到西南修铁路,不远万里,我出生,老父亲不识字,就起了"万里"以作纪念。

至于有人将我名字的后两字"荣里"解释为"荣归故里",也是本村一个"私塾底子"的功劳。大半生已过,自感愧对这个名字,姓名于我已经不仅仅是符号了。所以,"游燕"这个笔名就只好闲置着,再说,这笔名有点女性化,用上则有借机干扰编辑判断的企图,还是不用的好。

(2016 年 7 月 10 日星期日于北京)

兄 弟

朋友让我写一首诗，赠给某国的王室成员。因为他这位同学即将回国，他有依依不舍之情。青年时代的情感就是这样热情奔放，在很多个洋溢着青春热血的夏天，我和这位朋友一样火热过。老了，回过头去看一看，那时的兄弟还剩下几个？相反，曾经互相冷漠的倒成了朋友。

在我的故乡，拜把子磕头是流传已久的风气，一个人有几十个仁兄弟似乎不是什么稀罕事。倘若你在官场，后面吆三喝四的兄弟更是数不胜数。一位市委书记，拜把兄弟满天飞，一时间，天地间无数豪杰竞折腰，这位书记后来进了监狱，几乎无一人去看他，只有前妻和前妻所生的儿子去看他，在岛城成为酒桌上的谈资。我有个堂兄，跑东北物贸时，曾积攒了一些银两，那时围绕他的把兄弟也算不少，后来堂兄落势，没见有几个人来往。血缘有时并非可靠，但更多时候比社会上所谓的兄弟靠谱得多。

这样想着想着，有时就吓出一身冷汗来。

在世上混，人不能少了朋友。古人云：以利相交，利尽则散；以势相交，势败则倾；以权相交，权失则弃；以情相交，情断则伤;唯以心相交,方能成其久远。说的好是好,但以心相交者,最终能换得真心者几何?

人在社会中生存,谁也离不开人情。人情人情,互相交往才有感情。所谓同学、朋友乃至同事,你敬我一尺,我敬你一丈,理性的交往总比蝇营狗苟要强得多。有过患难之交的兄弟,即使多年不见,但心里的那份感念一直存在着。在佛山工作过一段时间,曾有一位伪君子,善于煽风点火,为人歹毒而善充好人,自以为聪明不已,大家看在眼里只是不说罢了。众人对他的恶行恨之入骨,他却自以为天衣无缝。有一次他来北京找我,称兄道弟之热情,令我心下为他脸红。我不知道世间竟有这般脸皮厚的人,赖在那里夸夸其谈,我不知道自己不驱赶他是宽容还是纵容?好歹这样的人和事并不鲜见,坏人的存在可能成就更多好人,伪君子的假情假意或许更能促进真兄弟之间的感情升级。

周末一朋友喊我相聚,我和他一起与另一朋友相见。他俩已经有二十多年没见面了,两人相见,分外热情。热情之余,回忆最多的还是兄弟。忆起最多的还是曾经帮助过他们的好人,当然也没有忘记回忆坏人。这是一对真正的弟兄,好多年不见,仍能感受他们的心气相通。看着洋溢成花朵一样的两张脸,岁月已经让青春之情浓缩成精。我喜欢这份朴素、真诚。

有昔日的朋友一直联系着，从昨天到今天，从甲地到乙地。时空是最好的滤网，它让虚假的情谊过滤掉，名利的诱惑过滤掉，留下相对纯净的情感。那情感幻化成一句话，一个短信，或者一份深深的思念，让你在朴素的生活里感受到温暖。我有时为拥有这样的兄弟而叫好。多年不见的真兄弟，我会热情相拥，无话不谈。生活在身边的伪君子越多，这种感情就越强烈。有时我还会到曾经工作过的单位去走走，那些调侃不已的兄弟，他们赞许的目光和真情总是让我充满快乐。

在这个充满虚伪的世界上，珍惜好兄弟，是让友谊保真的基本原则。

（2016 年 7 月 12 日星期二于北京）

乞丐

一　旦写起城里的物事来，就想到乡下，就想到少时。

在兰陵县，我小时叫苍山县的，要饭的特多，特别到冬天，这些乞丐会蜂拥而来，一家要接待好多人。乡下农民实在，但对乞丐的态度还是不一样。会要饭的总要先夸一夸主家的孩子，主家有狗，也会任其狂咬，断不能打，主家一高兴，就会给一整块地瓜；摊上喜事，会给大白面馒头。有穿破衣烂衫的老年乞丐，行若木偶，在主家门前站着，不吭声，主家看不过去，也会给一两个地瓜干了事，空手的很少。厚道人家，一般不笑话要饭的；泼皮二癞子，总不把乞丐当人。智障的乞丐多受捉弄。有一种文乞丐，大概曾在集市上说过书，或者像我一样早年写过文章，要饭会编顺口溜。他眼睛见的，张口即来，都是喜庆之词。有的主家为了图个喜庆，就会让这样的文乞丐翻来覆去地唱。我小时候，喜欢跟着这些乞丐屁股后面听，他们的唱腔优美，编出的歌儿押韵合辙，犹如天热喝了新打上来的井水儿，透心的畅快。我想，我现在每天早晨散步，在公园里，在地铁上，喜欢编一点顺口溜，这些乞丐应该算是我最初的启蒙者。

北京地铁管得严格，很少见乞丐到地铁车厢里来。偶有遇见，多是盲人乞丐，或者是一对夫妇，男人唱歌，女人收钱，倒也分工明确，更像一份职业；有肢体残缺者，在地上挪动，艰难之状，让人顿

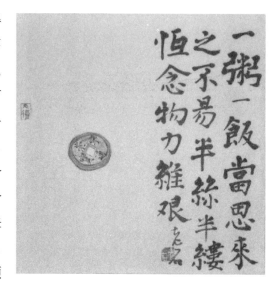

起恻隐之心，遇到这种情况，我都是要给钱的。最有味道的是有艺术家派头的年轻人或者满脸沧桑者，一把吉他，足以征服半车观众。只是这两年明显地少了。我感觉城市管理者应该给这样的所谓"乞丐"或者"街头艺术家"一种宽松的环境。他们的乐声不会让这个城市受损，倒会为这个城市增加一些情调。我清楚记得他们昂起高傲的头，即使你往他的书包里丢钱，也并不影响他的演唱，与其说是讨钱，不如说是自我陶醉。在上海，见过乞丐，穿戴之优雅，超过一般人。开始惊诧，后来也就理解了。一个开放多年的城市，这种雅量还是有的。再说，一个优雅的乞丐给人的起码是观感上的享受。

今晨坐车，一个赤足的乞丐坐在地铁的座位中间，当时车上很挤，却没有人贴近他。他的左右两边空空如也。我挨着乞丐坐下，乞丐的神情木然。乘客的眼光聚拢来，看着我，看着我身边的乞丐，莫名其妙的样子。我知道，我没有笑话乞丐的资本，其实在这个城市，我就是一个优雅的乞丐；在这个世界上，我连优雅的乞丐都算不上。乞丐的脸不敢正视旅客们，我则向

他投去惺惺相惜的光芒。乞丐的头很脏，脚赤着，更脏。他在众人的目光里低落了自己的目光，两手交叉来回搓着。手上的黑色超过脚面的污垢。他有时把手伸向脖颈，脖颈上有一块癣，他捱着，脸上露出笑意。也许很久没有洗澡了，他的全身散发着一股奇怪的味道。他和我隔着一个座位，对面的座位上依然是挤满了人的，那些人向他投来鄙夷的目光。在地铁上，他不敢看大家，我始终在看着他。他谁也不敢看，只看着自己黑黑的脚板。他身边有个大矿泉水瓶子，水儿只剩了瓶底的一点，瓶身是白的，盖却是红的，红的耀眼。我下车时他依然在，依然没有人在他旁边坐。我回眸一笑，他用黑脚面回应我。

下午，朋友发来他们山东郓城家乡的乞丐视频，这显然是一位要饭高手。打着快板，追着集市上的小摊贩要钱。小伙子嘴皮子利落，用词与时俱进，黏上一个主家，任凭主家怎么怒斥，想逃都逃不脱。他的说词左右开弓，句句是巧词，段段埋陷阱。你尊重他，他好话连篇；你拿他不当人，他什么话都会蹦出来，这家伙的说词对文学创作借鉴作用。倘若他用心于此，至少也会是一级作家。朋友慨叹说：这是有名的鲁西南快书莲花落，到了这小子手上变俗了，要不足以和二人转媲美。我则不以为然，其实，为了生计的说书技巧，才有每天出新出彩的可能性。朋友是书法家，没有体会到齐白石街头卖艺的苦处，所以民间的俗气就少了些，有时俗气这东西很可贵，犹如我今晨所见到的乞丐的脚，踏久了地面，脚底就是鞋底了。

（2016 年 7 月 12 日于游燕斋）

关 系

在中国做事，讲关系；外国做事，也讲关系。关系和关系不一样，合乎风土人情的关系才叫关系，为了关系而关系，那叫互联网。即使是互联网，也有地域文化之分。技术这东西，有时追随着文化，有时又超越文化，很有意思。

总是想起少时，后院的二大娘家，曾被人家怀疑是她偷了邻居的东西，整天开大会，就剩最后捅破那一层窗户纸了，几乎所有的大人都认为是二大娘偷了东西，二大娘的表情暧昧，猜不透是她偷了还是没偷，但二大娘终究没有偷。当查证是村南头的二混子偷了东西的时候，二大娘谁也没有埋怨，她只是笑笑，所有的批斗者脸上的愤怒顿时烟消云散。二大娘几年前就没有了，她死了。可那些怀疑二大娘偷东西的人没有死，二大娘的笑很有深意，她不笑又能怎么样哪？那时的关系，在农村，不能说不淳朴，但淳朴的人一旦被某件事情所遮蔽，这淳朴就会变成恶行。所以，在讲人情的乡下，众口一词有时比真理本身更重要。这就是乡村里的关系啊！

在单位里活着也已经三十六年了，三十六年足以让一个孩子成长为呼风唤雨的人了，但单位里的关系更值得你琢磨一生。

曾在工程队做一加一等于二的技术工作，当时有一位领导，非让你做出一加一等于三的工作，你做不做？不做，好了，人家做的升迁了，这是多少年之前的事，现在回望起来自己没有摆正和领导之间的关系啊；一个操蛋孩子，不安心在工地上班，我多次给他做工作，他父亲凭借上级的关系，一下子把他调走了，有一次我在站台上碰到他，他洋洋自得地说："还在工程队吧！"我知道人家有关系，也只能学二大娘那样笑笑，二大娘的笑，我感觉越老越用得上。

说起文坛的那点破事，有时我就想笑，再也不会幼稚到青年时代那样，在省报发表一篇文章就自以为老子天下第一了。文坛的水一向很深，文人的芥蒂又多，错综复杂的关系，聚会时还是少说为好。能写一点就写一点，不能写也不要四处招摇。把文字当成自说自话的一种方式有什么不好？相反，有些四处张罗关系的作家，最后却被关系所害。每次各类文学评奖，都会留下很多意味深长的故事，这些故事足以把传奇作家雷到，不能不相信，文坛是更讲关系的一个场所啊！

北京，多大的一个地啊！这里的关系网丰富多彩，老乡网、同学网、同道网、酒友网，和我那乡下比，可以利用的网络实在太多。我时常在这些网络的交叉点上，踟蹰不前。我害怕这种无形的网，有时我不得不利用关系的时候，就会一拖再拖。

人老了，对外的需求不是太多。没有名利的干扰，对关系的依附性就差一些，但有时一点不靠关系，生存质量会受到影响。所以特别喜欢那些到山里修行的人，依靠自己和自然，呼吸着自由的空气，我想心一定是透亮的。

地铁上，经常看到那么多人埋头看微信，这是一个信息时代，每个人都在网络的某个交叉点上，无论是传递还是被传递，都是一件十分有趣的事情。互联网时代的生活，把关系更加条理化了。难怪有些人在研究"关系型经济"，我整天把自己关在书斋里，是有些落伍了。

在这个世界上，仅仅拥有二大娘的笑是不够的了；因为更多的人在研究关系的时候，会忽视了二大娘的笑，他们选择站队，我选择了什么？

一脸茫然，在酷热的夏天，汗也不知不觉地窜了出来，它们旺盛如泉，很像知晓关系一致性的人们，在我的脸上和身上，从上而下慢慢流淌着……

（2016 年 7 月 13 日星期三于北京游燕斋）

老榆树

几乎和我的工龄一样大的老榆树，在我故乡的院子里，它的苍老和后面的房子一样，呈黑褐色。

1981年，我到铁路参加工作的时候，它还很小。那时的它，还不能结榆钱，树叶青翠，如田野里的植物叶子，我有时围着它转三圈，再转三圈。那时，我家只有三间旧瓦房，这棵榆树在院子里的东南角，孤零零的样子。

我故乡院子的土地是沂蒙山区常看到的叠砂，原始的叠砂很难长庄稼；倘若在冬天，把叠砂刨碎，经过一两年的腐化成土，就能让一些小树成活。这颗榆树当时是我移栽的。那时院子里没有多少树，有一个藕汪，藕汪边上有几棵杨树，我曾去杨树上掏鸟蛋发现了蛇，从树上摔下来，风化的叠砂有弹性，人没摔死，休养了一周就好了，所以到今天还能勉强写几篇文章。那时我家有个小门楼，这棵榆树就长在门楼的左边，它顽强地活着，等我在铁路上工作几年回来，它已经能结榆钱了。它结出的榆钱又大又好吃，直接放到嘴里，生吃，滑溜溜的一股清香——那是童年的味道啊！

爹娘老了，弟弟妹妹逐渐长大了。

　　退休在家的父亲要为两个儿子的未来打算。好几个冬天，父亲成为石塘里的常客。

　　小门楼拆了，连带着南围墙，那棵榆树终于离开了南墙边，靠近东墙边了。

　　于是有了两栋房子：一栋是老瓦房，部分瓦片已经残缺，夏天，还会有雨淋到屋子里。新瓦房的石头，几乎全是老爹一块块从地里起出来的。那些石头带着父亲的体温，留存在我的记忆里。

　　前后终于有了两栋房子，那是老爹留给我和弟弟的念想。老爹希望我们兄弟俩共在一院，和平共处。

　　娘则依着那棵树，在旁边搭了一个锅灶。乡下的锅灶是烧柴禾的；那棵榆树在烟熏火燎中斗志昂扬地成长。它见证了弟弟、妹妹的淘气与成长，见证了母亲的艰难。

　　我在铁路工程队工作，很少回家；一回家，全家人欢天喜地，榆树也会跳跃着它的叶子伴舞；赶上春天，有时我会拽下来一些榆钱，在院子里细嚼慢咽。这是山乡的味道，也是我小时候的味道，很亲，很香。

　　又一年初冬，爹去世了，榆树凋残了叶子，枝条在空中摇摆。无奈的天空，弟弟妹妹哭诉的脸，映衬着榆树底下破旧的锅灶。

　　曾有一棵酸枣树，固执地围绕在北屋前的老锅灶旁边，活了很多年。每到春天，枣花盛开的时候，满院子的清香，从夏天到秋天，这棵枣树上的果实渐次被我和弟弟妹妹消耗掉，这是属于北屋的酸枣树；新房子前边的花池，曾有一棵石榴树，火红的石榴花，旺盛似海。我每次看到那棵石榴树，都涌上一份欣喜。这是家庭兴旺的象征啊！每到秋天，娘会把红石榴分给左邻右舍，更会给我珍藏几个。在冬天里吃干瘪的外皮裹着的石榴籽，不只是享受母爱，还会想到许多过往。

然而，忘了是哪一年，也忘了是什么原因，酸枣树没有了。好像父亲一去世，这棵酸枣树就没有了。酸枣树成了记忆里的疼，无法对任何人诉说。

后来不知什么时候，石榴树也没有了。我追问弟弟妹妹，大家都说不出一个所以然来。我也只好作罢。那份火红也藏在了记忆深处。

爹走了，十几年后，娘也走了。酸枣树没了，红石榴也没了。

妹妹出嫁了，又一个妹妹出嫁了。

弟弟结婚了，然后院子就空成了一个院子。

那些竹子在院子的东北角，引来很多麻雀，叽叽喳喳，我不喜欢。

只有这棵老榆树，顽强地活着，成了老院子里的一种象征。

去年春天，有人要买树，弟弟来电话说，打算砍了这棵榆树，我一时五味杂陈，他不知道这棵榆树几乎比他的年龄还要大，更不知道这棵榆树是我们家庭历史的见证。我不语而语。

今天再次接到弟弟电话，说榆树枝条压了房子，我不知道象征着什么？当我意识到弟弟潜台词里的话时，顿感五味杂陈。我不希望家里仅有的老物被伤害，它几乎见证了我的大半生。

我只希望这棵树慢慢老去，让岁月吻干它的身体。

没有理由对一棵逐渐衰亡的老树动武，它知晓我的所有心事，我家庭所有隐秘的事件它都知晓。它沉默了一生。所有的苦难与幸福，昨天与今天，冷落与热情，兴旺与衰落，密切与疏离，它都知晓。

我在北京为这样一棵老树而担忧。在这个下午，我静静地为它祈祷，别再打扰这样一棵老树吧！此刻，真想回家抚摸着它的躯干，我想对它说说话，它能听懂我的话……

（2016 年 7 月 13 日星期三）

单 位

在中国，吃国库粮向来是被高看一眼的，从古至今。彼时，在乡下，老农相遇，谈起某人：那还了得，人家是吃国库粮的。羡慕嫉妒恨，诸种情绪皆有。网友相碰，总被人问及在哪个单位？有时我调侃，说自己是个作家，或者说是一个北漂。对方或者客气地打声招呼离开，或者马上转换了口气。看来，单位成了一个人社会地位的象征。对外交往，我很少介绍我是哪个单位的，充其量证明自己是一个写作者。我想在对外交往中，"去单位化"，一则不想靠单位的光环笼罩自己，再则希望和友人平和地交往。总会有朋友紧追不舍，一定要刨根问底，在什么单位，担任什么职务，认识哪个单位的谁谁谁吗？我就惶恐不已，好像脱光了衣服让人看到了私处，那份不舒服，的确令我不安。这种情景的增多，越来越让我感觉到大家对单位的看重。

乡下的弟弟妹妹，因为干个体，即使很富裕，因为没有单位，介绍起来好像没有那么理直气壮。在北京，大单位的人有大气势，小单位的人有小情怀，乃至于饭桌上的座次，说话的语气，看人的表情，都会因为单位的不同而不同。特别是在单位里有一定级别的人，酒桌上会以语言的品位和档次分出来的。参加过众多论坛会议，介绍离退休的老人，也会冠以"前某某单位某某长"的名头，想笑，也笑不出来。

我对单位的感觉也曾有百般的依赖思想，只是有一年秋天，我回故乡的时候，知道一家大型棉纺厂倒闭了，当了一辈子工会主席的一位女子，如丧考妣的哭声唤醒了我。我在那一刻，突然警醒自己，假如没有了单位，我该如何？记得我曾写过一篇小文章《假如你一无所有》记录我当时的情感。我还尝试着，口袋里不装一分钱，在大街上行走一天，在城市里生活三日，我看自己能否坚持下去。尽管这种实验给我带来了喜忧参半的感觉，但另一种未雨绸缪的幸福还是充溢

在我的心胸。我发现,脱离了单位后自己生存才能的欠缺在哪里，我知道我要补充什么，我也丝毫不惧怕离开了单位我会束手无策。

单位有时是个鸡肋式的东西，你要生存，当下的一切使你离不开单位；但真正离开单位，也不至于到了死亡的边境。问题是你如何摆正当下你和单位的关系。在社会上，少用慎用单位的名头招摇撞骗，即使丢失了单位，你也不会悲惨到哪里去；在单位里，别用你现在的平台，狐假虎威对待下属，多积德行善为好。但从问题的另一个方面而言，这种理性的疏离也可能

让别人认为你不热爱单位，或许被个别人扣上"三心二意"的大帽子。我有几位写作界的密友，分别在不同行业从事着刀笔吏的工作，官衔不低，说话不免摇头摆尾。说真的，怎么看他们也没有我那位做自由撰稿人的朋友真纯、有才情。有单位的人大多是两面人，或者是多面人。这位撰稿人确是从里到外的通透，这种人没有退休之说，却有做人之风范。

所以现在到了公开的社交场合，我大多和那些说真话、讲人话的人打交道，因为从他们身上，就会看到我这种在单位里混的人身上的不足。我的举止所透露出的清规戒律、虚伪之气，他们身上是没有的；而作为他们的自信与真诚，的确令我这种常年浸淫单位文化的人所钦佩。生活就是这样的反讽，当有单位的人退休的那一天，虽曾向往单纯真实的生活，但惯性思维的逻辑已经让他们失去了欣赏这种自然的能力。

单位是个好东西，它给你工作，让你衣食无忧，或者给你很多地位上的显摆；单位又是一个温水锅，慢慢地就把你煮老了，煮熟了，而你还洋洋自得。曾听一位单位的领导说：你就是会开八国的飞机，我不用你，你就是废物一个。后来静下来想想，那位会开八国飞机的人，为什么不尝试着离开单位，甘愿受这种侮辱？我想他肯定是担心，一是没有八国的飞机可开；再就是出去了，还不如在这里受点侮辱苟且偷生为好。所以单位里的人，也就只好循规蹈矩地生存了。

一位书法家很想出来打工，他找到我，我对他说，你自己就是你自己的主人了，为什么还自找绳索？我的这个语言或许很偏激，好歹书法家没有气恼，他拍拍他的光脑壳，好像明白了什么。我再看他时，他的前额，明显地比往常明亮了许多。

（2016 年 7 月 16 日星期六）

文学院

有人责问我为什么办一个文学院，我不言不语，因为这不好说，也说不好。

有时闲下来，我自问，有必要办这样一个文学院吗？只有一位老师的文学院，在创办之初，一位好友就以讥笑的口吻对我说：你不怕丢人吗？一是说文学现在还有多少人热捧，再就是怀疑我的教学能力。认为我在文学上本无大创造，岂能教出好的学生来？还有一位文坛宿将，引经据典说，作家岂是教出来的？

我没有听蝼蛄叫，依然种我的粮食。

一个人第一天背砂子可能被人看作傻子，一年背砂子，就会有人称奇，倘若他边背砂子边种植树木，几十年后可能就会出现一片绿茵或者森林。我愿意成为那位背砂子的人，沿着孤独的岸边行走，我相信我的坚韧。

除了坚韧，我还有很多可亲可爱的学生。

是他们鼓励了我，也是他们教育了我。

文学不仅仅是接力，还是互相交融、共同提高。

天南地北的同学营造了原生态文学院的气场，我在与天南地北的同学互动中感受到文学的力量。

文学温暖着我们，我们也温暖着文学，我们互相依偎着靠文学取暖。

这是一个说真话的文学院，不以成名成家为乐趣的文学院，而以原生态为大旗，获得文学蒸馏水的文学院。

离开的未必是叛逆，进来的未必是精华，但坚持的必将有更多的收获。

我们感受到了更多的语言的魅力、描写的快感、迥异于文坛的清新。这是一块适合自由翱翔者生存的湿地，这里有属于我们舒展的天空。

学生们发来的作品我认真阅读，每一篇作品我都会像对待自己的孩子一样，熟悉其脉络与气息；学生们也会像尊重自己的老师或兄长一样尊重我，我找到了现实以外的一片精神栖息地。

我非好为人师，只希望每个学生文有所追、日有所进，自成一体，造福于人类。

我坚持公益办学，不收取学员一分钱；我对同学们说：文学是一个人的长征，其他人可能就是陪伴你的浮云，我愿意成为陪伴同学的天空。

文学院主要是网络教学，每天早八点前的上班路上，我会利用半小时的时间，为百余名学生讲课。因为路过两处公园，心情很好。学生们在群内互动，看到他们成为原生态文学的中间力量，我喜不自胜。今天的文学需要补钙，需要没有污染的水灌溉，需要圣洁的手为它剪枝，我愿意做这样的人。

每天晚上，我都会用一到两小时的时间点评学生们的作品，期待他们的作品一点一点地磨砺出来，我有时不得不放弃自己的创作。我告诉同学们，不要在上班时间给我发信息，我和他们一样，一天有八个小时的时间属于求生的工作，我不能占用公家的时间。晚上，我只能放弃我的创作来回应学生。这是我义无反顾的选择，我没有一丝后悔。况且，不仅仅是我在教学生，更多的是学生们也在教我。

我从学生的游记里读到了汪洋恣肆，我从边疆文学里看到了宗教精神的力量，我从一位稚嫩者的进步里找到打破文学神话的钥匙，我也从当初反对我办文学院的朋友赞许的目光中看到了更多鼓励。

一年匆匆而过，毕业的同学没有选择离开，我开始了第二批教学；教学方式也从单一转向了多元。有人说，你这是新时代的私塾，我说，我有世界潮流涌动下的新思维方式。

原生态文学追求文学真纯之美，它厌恶向经济谄媚，向政治低头，向世俗倾倒。它更尊重一种品质，一项塑造，一份辛劳，一股面向大地的坚守的勇气。

有许多学生追随着我，不是为了名利，而是为了精神的解放与愉悦；有许多学生在前进的道路上孜孜以求，我没有理由停下来。

我似乎至今也无法用一句话说明为什么要办这样一所网络文学院，因为我需要，不仅仅是精神，我更感觉到文学院日益成为我生活的必需品。

也许我很傻，但我会坚持，原生态文学让我审视自己的文学追求，纵览文学界的文学现象，呼唤文学原始的味道。文学院则成为我完成这种追求的一个平台，一个阵地，一片营造湿地的处所。

尽管我也知道前方很朦胧，我愿意与我的学生们一道摸索前行，我相信总有一天一切会明亮起来。

（2016 年 7 月 16 日星期六于翠城馨园）

喝 茶

父亲在铁路工程队工作了大半辈子，工程队发的劳保茶大都是茉莉花茶，少年时没少喝。放学或者下地归来，一壶凉茶，牛饮而尽，是经常的事情。接班顶替，喝茶是工程队里补充水分最必要的一环。曾经在十六岁的那一年，干过此生刻骨铭心的体力活，小推车飞快旋转在工地上，膝盖被铁锹杆磨得通红。忆起腿痛，常念彼时之苦，疼痛容易促进记忆。几十年过去，这份疼痛的记忆最深，而喝茶的很多细节都已经忘记了。不知道从哪年开始，不喝茶了，改喝白开水，纯净透明的白开水，玻璃杯装着，小口啜，像与水在私话一般。这样的习惯保持了多年，大概是听了老中医的劝告，说最可信赖的是白开水，现在的饮品，不是有毒就是劣质，不如白开水实在，老中医的这句话，让我几年与白开水为伍。

喝茶的习惯大约是到了菏泽才养成的。那地方的水似乎很沉，白开水一喝进口，扑通一声掉进心里，苦涩而难喝，需要茶来调味。仅仅是调味而已，茶在春夏秋冬，灌在不锈钢杯子里，喝时，不再那么苦涩，茶叶把水变轻了，喝水不再是一种痛苦。

工作大多是与外交有关，常与南来北往的人打交道，旅馆饭店里的茶千奇百怪。那些茶你爱喝不喝，但每到一地，用茶来改善水的品质，去除异味，倒也成了必要，所以对茶的要求不算太高。工程队出来的人，对吃喝的要求十分随便，直到如今，我也只是填饱了肚皮即可。至于茶，也只是改变口感，没有更多欣赏的意味。

那年到北京工作，茶成了穿梭在日常生活里的常客。喝酒要喝茶，相遇要喝茶，甚至开会也要喝茶，朋友交往也会互相送茶。渐渐地对茶有了认识。茶成了比水高尚的君子。大学、函授、文学院、专业班，各种学习，茶成了同学之间互相交流的纽带。在北京，好像浸润了千年万年文化史的茶们，一股脑儿都钻出来。后来认识的不少朋友，精于茶道。一种茶，能讲一个上午。外地亲友来京，也善送茶，说茶不是礼物，不好推辞，回赠的大多也是茶。靠茶礼尚往来，好像品味也提升了好多。

文化界的人认识一多，茶品茶经就多，书画家的喝茶兴致总要高于单纯的作家。有的喜欢茶叶在透明的玻璃杯子中上下起伏，有的喜欢把金黄的茶水炫耀成一条优雅的弧线，有的则轻嗅细品做出陶醉不已的样子。在茶的讲究上，多少知道了一些茶种，明白了一些茶经，善动的双腿也能面对茶海稳定下来，静静地喝上一下午茶。文人相聚，边喝边续，可以暂时忘却烦恼。我认识了一位来自宜兴的兄弟，在北京开茶馆。茶馆清洁雅致，茶童多是帅哥靓女，名人字画悬挂于茶室，有琴声声慢，确是喝茶佳境。更有博古架上的诸多千奇百怪的茶壶，如南来北往的饮茶人，让你心生好奇。茶室主人是著名的制壶大师，讲起如何造壶以及壶的历史，滔滔不绝。在北京，喝茶的人多，茶室也多，格调自然不一。难得这样的时光，各类茶室，无论大小新旧，却都能让你在烦躁之中寻觅到一丝宁静，这份感觉真好！大师曾送我一把壶，没用多久，有一次洗茶时，热水烫手，把茶壶往桌子上一顿，手把掉了，此壶比不上维纳斯，掉了手把，一下子就不像茶壶了，只好舍弃。后来制茶大师说，这把壶如在市面上出售，价格一定不菲。那一刻，我有些想哭，不是为了那手把的失去，则是因为我对宜兴茶壶的疏远。后来别人送宜兴茶壶，断不敢接，这样的心绪，维持了好长一段时间。

杜女士是位出版界人士，宜兴人，曾送我一把壶，接受上次教训，此壶只用来欣赏，后来当面赞美这壶之美时，杜女士说，壶只有越养越好。宜兴茶壶，造型别致，用料讲究，且能透气。经常使用，会让壶色润泽，平添茶香水甜。想我将此壶放于书橱里，简直是埋没忠良；南京好友赠我一套茶壶，洗茶、泡茶、倒茶，雅是雅了，时间却也流失不少。昨日去某儒家处，他是喜欢金骏眉与其他茶混着喝的，他对茶的赞美犹如欣赏女人。不知道此儒是有意在美女前卖弄，还是说给我听的，当喝起那混合在一起的茶来，还是别有一番味道。

酒中有豪情，茶中见日月，倘若喝茶能免去我的酒瘾，这喝茶倒不是一件坏事。更何况，这是在北京，懂得茶道，也是生活的必需。

（2016 年 7 月 17 日于北京）

夜晚的时光

在京城，夜晚的聚会是很多的，自然与工作无关，二三好友，三五老乡，或者是旧同事，文学爱好者，书友，闲聊之人，都可以凑在一起。时光在扯淡中过去，意义在无意义中滋生出来，这就是京城的夜生活。似乎嘴在饭桌上的功能与饮食无关，更多的是发挥其倾诉的功能。一晚上说的话，超过在单位一个月说的话，眼光是流动的。张三向来是沉默寡言的人，到了酒桌才知道他的话语如滔滔不绝之江水。夜晚与白昼两重天，单位和社会是两面墙。

还是喜欢北京的夜晚，即使在夏夜，也没有广州那么彻夜的招摇；要是到了冬天，十一点离开饭局就算晚的了。因气候的原因，北方的夜生活还算节制。有时节制就是一种文化，放荡了就会随意，所以北方人追求做官，周吴郑王；南方人喜欢经商，你来我往。

刚来北京时，多少有些稀奇，就如我刚到泰安时一样。稀奇与稀奇不一样，那时候稀奇钢轨、汽笛的叫声、泰山顶上的云雾，现在稀奇的是高耸入云的楼房、教授的尖叫、美女的口红。城市与城市不一样，而乡村的贫穷大致相同。有时，我就在月光底下睡了，越老越不胜酒力了，而夜晚也不像过去的夜晚了。

一个人总有高兴不高兴，从乡村走向城市未必好过从城市走向乡村，很多时候，回归就意味着幸福吗？城里的月亮尽管朦胧，但如若让你在农村生活一辈子，没有几位能坚守得住。世外桃源值得向往，当很多高嚷着回归田园的人，真让他脱离了城市的一切，恐怕生活不了几个月就回来了。我赞赏那些依偎着城市不离开的人，他们有他们不离开的理由。

城里的夜晚不只是浪漫，它能满足人更多的欲望，而无休止的欲望是人类前行的动力。和更多隐居山林的人相比，这些在城里生存的人可能更现实一些，或者说，他们没有节制他们的欲望。从某种意义上说，科技的发展是为了满足人类自身的某些欲望，欲望促使了人类的发展。所以，城里的夜与乡下的夜晚自是不同。

乡下的夜晚有山野相伴、猫头鹰的叫声相随，而在城市的夜晚，霓虹灯四射，混凝土森林相聚，在北京，可以在一夜之间，看到来自世界各地的美女、大亨、流氓或者乞讨者，而在我那个山乡附近的大山里，无牙的老奶奶可能还不知道汽车是什么样子。城里的时光是最文明对抗最原始的所得，所以，我更喜欢乡下的萤火虫、野兽夜晚发出的蓝光或者天空的流星。

在北京的夜晚，一个人走在通往家的路。公园里没有鬼火，偶有抽烟和跳舞的声音。城里人没有脸朝黄土背朝天的辛苦，想着法儿强筋健体，生活的苦难相对少些，昼夜不息的护城河水载着城里人的快乐自由地流淌。我有时度过那座桥，桥很精致，断无农村石板桥的简陋，面对那河水，真想跳下去，与这河水一道，悄悄地溜走，远离城市的夜晚……

作家的骨气

真正的作家都是有一点性格的，源自他对文字的固执，更取决于他对世界的看法。有一位患病的作家，一身傲骨，后来他去世了，我们给他送葬，回想往事，谈起他向权贵挑战，与富豪斗争的故事，无不唏嘘。

一位与我一同成长的作家，在铁路上做一位不大不小的领导，妻子没有工作。想当初他做人事工作时，有人劝他把自己老婆的工作解决了，他摇摇头。周围站段的人事主任们一起开会，笑他不会变通，他一声不吭；他的妻子九年没有生孩子，思想压力大，与他一同写作的朋友纷纷走上了更高的领导岗位，有人劝他去找找相关领导，他一笑置之。这位作家朋友和我的关系一直很好。他不喝酒，有一次参加会后聚餐，大领导让他喝酒，他坚持不喝，领导不悦，周围的人认为他不懂事，我知道他坚守着什么。有人把骄傲当骨气，他不是。在大街上行走，他会给乞丐们送上金钱或食物；见到家属院的孩子们，他会抚摸孩子的头皮逗笑；人家说他抗上，其实，好多大领导是他的莫逆之交;还有人说他不善言语，但我们在一起时，他总是谈笑风生，让我处处感到他语言的妙趣。

圈子里，投身求荣的作家不少，加之文人相轻的习气，让作家行当里的左左右右充溢着鱼龙混杂的信息。所以有人误把个性当作骨气，把耍脾气当作有骨气，实在是一种错误。有骨气的作家做人是一种智慧，诸事处理起来，清爽宜人，有自己的处理原则和个人坚守，这样的骨气着实让人佩服。

读历史知道不少作家宁死不屈的故事，有一位作家宁愿饿着肚皮，也不愿意接受日本人的粮食。这是一种气节，一种发自内心深处的精神力量。我们都有着生理的躯壳，都要靠食物养活自己。精神坚守者的坚强需要内心的强大，即使饿死，他的灵魂也是高贵的。

作家是分层次的，文字的层次和思想的层次。有些作家，写了一生，文字圆润了，思想却没上来；有些作家一以贯之的坚持，十分清晰自己为什么写作。我清晰地记得有的作家为了发表而发表，他已经忽略了写作本身的意义。铅字的崇拜害了很多作家，有人不惜出卖灵魂和肉体，挣扎在写作路上，以至于许多以发表为目的的作家忘记了写作的正途；文学界的奖项则成为助纣为虐的游戏，更有甚者，有

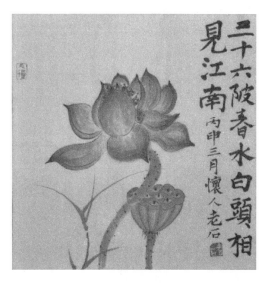

的作家成了一些伪伟人的帮凶，为他们歌功颂德，经济越发展，这样的作家会越多。换句话说，得软骨病的作家会越来越多。向权贵谄媚，向经济邀功的作家的增多，无疑会使得这个世界

更加悲哀。

当今世界，不缺乏各类题材的文学作品，而缺少精致绝伦的品位之作，这取决于富有骨气作家的多少。在清一色的审美取向下，自由会被说成是散漫无常，高贵可能被理解成不合群。富有骨气的作家越来越少，让我们的文学品质流俗于一般意义上的写作。作家，涵养自己的骨气就变得十分重要。在书店，在大学，在论坛，当我看到作家仍然拥有那么多粉丝，我就会为作家们担心，在呈现多元审美的当下，文学需要骨气，作家更需要骨气，这骨气会成为潜行的力量。只不过不要把这骨气理解成偏狭、不合群甚至是自视清高，这骨气应该渗透着民族魂、世界心、人性美，应该裹挟着与歪风邪气相斗的浩然正气，也应该继承古今中外更多文化的血脉、基因。

我希望作家成为富有骨气的人，我也会要求自己，去做一位有骨气的作家。

雨

北京是我从小向往的地方，现在是我惧怕的地方。

从小向往是因为它是我们的首都，是政治、经济、文化中心，这里有领袖、艺术家和科学家，对山区长大的我们，充满了神秘、神圣、神奇，所以我从小向往。

现在我惧怕，因为北京的确不适合生存。拥挤的地铁站、公交道的车辆、天空中的雾霾，这一切让人充满了不安、仓皇与恐惧。

洪灾更是让人恐惧的。

我 2009 年 10 月正式到北京生存，如今已整整七年，短短七年，却经受了两次大的雨灾。

那次雨灾，夜里的暴雨我并不知道，因为太累，或许是醉了，2012 年 7 月 21 日晚上，我及早地睡了，没有感受到暴雨倾泻的恐怖。22 日，我开车从人民大学赶往良乡，走过一处立交桥时却过不去，再走过一处立交桥还过不去，大约转了很多圈，终于抵达我的单位。从媒体报道的信息中得知，北京一共有 48 处严重的积水点。我看到许多汽车淹没在积水中。我不知道当时北京伤亡了多少人，只感觉到这个城市所给予我的第一次惊悸就让我刻骨铭心，引发我常做噩梦。

今年7月，暴雨更是让我亲眼感受。我上班的地方距离丰台科技园地铁站很近，有几辆车淹没在人行道上。平时感觉很高的一处马路此时已经成了汇水区，水排不出去，车辆无法出行，我只好走在路旁的草地上，花圃中，而平时这些花儿们、草儿们是我中午散步时拍摄的对象，暴雨让一个城市顷刻间杯盘狼藉。网络上散布的信息乱七八糟，我专门求证了一下，公主坟地铁站并没有被淹，为什么总有人善于做煽风点火的事情，把没有的事情说得有鼻子有眼？就像善于挑事的人一样，善于无中生有。他们比雨灾更让人感到可怕。

其实雨本不是这样的，雨是天空对地母的情物，本是风情万种的啊！

我喜欢山区的小雨，也喜欢工地上的小雨。走在庄稼地里，小雨打在庄稼上的声音很好听，你能听到庄稼们在拔节；倘若在没有开通的铁路线上行走，钢铁与石子被雨击打的声音叮叮咚咚，像乐曲一样，你会感觉到很爽利。

雨是清爽的，特别是春天，经历一冬天的蛰伏，万事万物在春雨里伸展开腰肢，传递着天公对地母的深情，我喜欢在春天里面对一抹新绿，不打伞，在田野里静静地享受这份情思。

雨是值得敬重的，当你给它一个舒展的港湾，它就会还你一池的安静；当你试图拥堵它的顽皮，它会赐予你更疯狂的报复。

大雨很尽情，大禹很懂雨的个性，治水采取疏导而不封堵的办法，对做人也有启发。我们羡慕许多国家的排水系统，那是因为人家懂得尊重水性。我们习惯于用"奋不顾身"来抗衡洪水的袭击，其实这很悲哀，因为雨儿也是生灵，它是风云变幻的产物，只有摸清了它的性情，它才能成为温良恭俭让的绅士。

更多人喜欢太阳，认为"万物生长靠太阳"，其实雨是断不能少的，世间的阴阳平衡，少了哪一方都不行。对雨，我们还是要公正一些；人只有把雨当作生灵一样对待，我们才有与它和谐相处的可能性。

在雨中，撑着伞，我看到化成细流的雨水们汇聚到昆玉河里，昆玉河水涌动着远去，蔚为壮观。我为雨儿们的情怀所感动，这就是自然界的力量啊！在喜爱之中，我对这些雨儿们充满了敬意，也忘却了水灾给我带来的不快。

晨 课

我换了一种方式行走。

每天早晨，在通往地铁站的小路上，我会开始讲文学课，我所钟情的原生态文学，我讲得有滋有味，时间不长，一般半个小时。

我看到许多双期待的眼睛，他们在祖国的东西南北，他们的职业各异，但为着一个共同的爱好而来，尽管有的人对原生态文学还很茫然。

这样的坚持还不到两个月。第一期文学院的课程没有采取这种方式，只是简单地评点学员作品，同学们阅读到我的评点的时候大约在一周以后，因为缺少交流互动，这种教学效果并不好。我的有些写作理念也得不到系统的梳理和总结。

于是，在第二期开始，我每天早晨通过讲课来为同学们解疑释惑。

实际上，文学院的同学有不少对文字的领悟比我还深。

清晨是最好的时光，这个时刻，人们刚刚醒来，大地也刚刚醒来，晨风别有一番味道。

往常我在公园里行走，会关注一位晨练者，聆听一只鸟鸣唱，或者欣赏木栏杆，抑或拍摄新绽的荷花。现在整个公园似乎在关注我，我讲课的声音虽然微弱，但很坚定。

我知道很多学员从手机里调取老师的声音，想象老师讲课的模样，此刻，他们也和我一样虔诚。

旁边是匆匆而过的行人，他们有的赶着去上班，有的忙着去晨练。我对着手机倾诉，忽略了身边很多美好的景物。

或许那一刻，我会在水稻田边停下来，拍一拍稻草人，拍一拍荷花，不知名的草儿，然后继续我的课程。我的讲课里就有了稻草人的形象和荷花的纯洁。

课程讲得很随意，没有更多的清规戒律。

我试图破除传统的写作课的教学模式，作家是教不出来的，但作家可以通过写作训练打造出来。

我在打造自己的同时，也在打造着原生态文学院的学生们。写作技巧完全可以通过锻炼获得，写作风格完全可以培养出来。我的学生可以成为生活的有心人，他们或许成不了优秀的作家，但他们一定会成为优秀的欣赏者。

我采取一对一点评的方式评点每位同学的作品，他们的作品不断给我以欣喜，在评点他们作品的时候，我感觉到涌动不止的创作的力量。晨课中我会以同学的作品为例子，讲述创作的得与失。

有时讲课也是一种自我审视，审视自己的过往，审视自己的创作，审视自己的语言表达。

更多的时候体验了一种总结，一种互相融合，一种倾心交流。

讲素材积累的多元，讲写作是一个人的长征，讲视野与读书、阅历、秉性的关系，讲作家作品风格的形成。同学们身上的例子俯拾皆是，我把他们每个人当作孩子，与年龄无关。当创作融入一个人的血液，对作品的解读就难免苛刻和神经质，感谢同学们的宽容，每次晨课后，在微信圈里，都会收到很多鲜花与赞美。我想把这个微信圈化成置身于大海的一叶扁舟，而不是鼠目寸光的井底之蛙，作家需要一种宏大的视野，需要一种自我忏悔与警醒。

当我意犹未尽的时候，地铁站到了，我只好和同学们说声再见，祝福他们开启新的一天。

有时我开车上班，需要起早一点，那时马路上人少，打开微信语音，也会坚持把晨课讲完。我不能无视同学们的期待，一群人靠文学取暖，我需要为文学加柴。

有几位同学主动地承担了为我的

晨课整理讲义的任务，我十分感谢他们。看他们整理出的讲义我十分感动，有的文字梳理地更加富有条理性；有的润色许多、神思飞扬；还有的平添了许多理解的色彩。我计划着当这些讲义够几十万字的时候，整理成书，让更多的人与我们原生态文学院的学生们一同分享原生态文学院晨课的美好。我的心会飞翔起来！

写完此文，恰到上班时间。多好的晨课啊，让我又开启新的一天美好的旅程！

（2016 年 7 月 22 日星期五于北京）

修　车

苍山老家是山区，爬坡上岭拉东西要独轮车。这车很有意思，我小时候推过，一个人驾驭，左右货架要平衡，那样好推。要是车偏沉，则不好推，需要一边肩膀用力，我的肩膀那时很窄，毕竟是不到十五岁的孩子。沙岭的坡很陡，清晨上课前，要把地里的玉米秸运回家，需要早起。天还黑着，如上坡，累是累，平衡好掌握，只要有劲，一点不用害怕歪到路边去；下坡则不同，需要技巧。车凭着惯性，飞速下滑，如车上装的东西多，惯性就大，毕竟身子骨没长全，时常把握不住。人随着下滑的车飞出去两次，血肉模糊，照推。这种顽固的劲头，保持了一生，越挫越勇。我不知道小时候为什么不怕死，现在想想有点二，此后很多事都和推独轮车一样，二过许多次，至今不知后悔。

我家拥有村里第一辆自行车，整个村当时都去借，飞鸽牌自行车，样子好看，骑上去轻松。因为车少，许多人说借骑，其实是借学。等到自行车还回来的时候，往往坏了多处。乡下人实在，母亲也从不埋怨人家，只好听之任之。后来自行车多了，借的就少了。我少时贪玩，骑自行车的时候人很疯，会双手撒把，从沙岭上飞泻而下，不顾生死；有时骑车盘着圈儿螺旋式骑上陡坡，人犹如打了鸡血一般，全然不顾齿轮是否受得了（假如车是生灵，定会仇恨于我）。等登上岭顶，是胜利者的姿态。遥看气喘吁吁的小伙伴们在半山岭推着自行车一步三挪，骄傲而高兴。

后到铁路工程队，曾骑着自行车沿着乡间小路行走，树荫与老人，田野与鸡鸣狗盗，都能闻见。一辆自行车给人带来的快乐，四处飘逸。炊事员买菜用自行车，材料员联系砂石料用自行车。而当技术员的，只有步行在线路上。自行车是个好东西，省力，但技术人员却很难享受，因为随时要解决技术问题。除非下了班，洗过澡，骑上自行车游逛，像钦差大臣一般，高出行人下半身，可以随意看美女和落雪，在春夏，在秋冬。

到泰安机关上班，大概正当壮年。那时感觉不到机关的好。工程队里老实人多，机关则斗智斗勇。机关里的自行车经常丢气门芯。我曾记录过这个细节，那时大家能买得起摩托的还少，大部分人骑自行车上下班。我有几次在楼上观察自行车棚，看到被别人拔去气门芯的车主，悄悄地再去拔别人的气门芯。开始恍然大悟，气门芯虽小，但这个

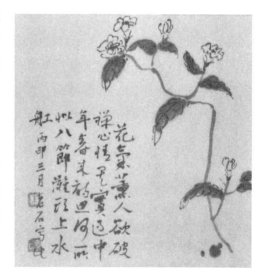

印象至今难以抹去。我这样说，也许曾经的同事会咒骂我，但我的确连续观察过这一事件，我相信我的眼睛。人性丑恶的一面容易在被别人伤害的时候焕发出来，那一刻，是潜在的意识在发挥作用？闲暇时我多备了些气门芯，给自己和同事。有的

同事为丢掉气门芯而不快，甚而丢掉快乐的一天，我知道原因，但我不敢说出口。前妻是个节衣缩食的人，那辆破旧的大金鹿，我整整骑了六年。那车骨架扎实，抗造。

到北京生存，地大路远，无车自是很难。2009年买车回泰安，高速路上狂奔，初学驾驶，总期待飞翔的快意。一路欢快一路歌，车到泰安，过铁路平交道口，车速太快，哪知道轨道间少了方正的轨道板，车嵌顿在两轨之间，三个气囊全爆了。人从车里出来，据观者形容，犹如黑人一般，只有牙是白的。看热闹的人涌上来，认为驾驶员死了。我一笑，他们才长舒了一口气。后有人劝我，不要再开这辆引发事故的车了，我没有听，只是开车的速度慢了，这一开又是六年。六年里，托北京的拥挤之福，学会了忍耐、忍让、忍气吞声。车还好，偶尔的剐蹭，也多是有惊无险。

昨天晚上，律师老乡喊我小聚，临近饭点，只好开车前往。开车路上，感觉前右轮胎好像接触了石子一般。想那日，我从机关里开出，这种感觉已经拥有，只是没有在意。晚上，经不住左右劝解，喝了一点小酒，只好让同餐一位美女代驾回家。第二日再开车，依然觉得前右轮胎有异样，到华澳中心去拜访一位老人，要停车，门口的保安说：你的车扎胎了。停下车看看，车胎正中，一颗铁钉嵌入其中。保安说，这种情形最容易出事故，下次一定注意。

辗转几多道路，让修车的师傅补换轮胎，也没有讲价就修了，和生命相比，一切有价的东西都好商量；只是假若出事，连商量的余地都没有了。感恩那颗铁钉，我把它收集起来，想想我单位整天散步时在马路上捡拾铁钉的同事，确是一个有着无限功德的人。

（2016年7月24日星期日15点写于北京市量力汽车维修站）

?

没有题目算什么文章？
为什么文章一定要有题目？

千百年来，人们为了说明一个道理，在写作之前总要拟出一个题目来。题目牵拽了一代又一代作家乐此不疲，没有题目的文章，好像一个人没有头颅。

我也在这种惯性思维里思考了大半生，写了无数有题目的文章。

能否砍去文章的头颅，让文字蔓延在纸面上，也许这永远是一种幻想。

我一直期待这种打破，期待一位神仙走过我身旁，他深情地对我说，文章传了几千年，标题就是一个牢笼，很多人囚禁在里面，你要冲击出来，你需要拥有超越神仙的大脑，我满脸愕然。

古今中外的人，有没有标题的文章吗？除非是黑奴的呼喊、土著的挣扎、黑猩猩的演讲，然而，他（它）们也被人们冠以标题，没有标题，意味着没有标榜。

你是一个作家，没有标题你怎么写作？你在作家圈子里就成了怪物，你在读者眼中就是不会写作的写作者。就如一个书法家，别想创造什么字体，文字本身具有传承。你没看到那么多文人雅士常常津津乐道柳体王形？

几千年传递下来的围墙让我们不敢让楼房长草，当绿色楼顶的倡议风行在某一个地区，也曾经被来自古典的势力抵制。人们习惯于观赏没有绿色的房子，认为这才是房屋的正宗。米兰的森林建筑甫一问世，人们只是惊喜，却没有反思自己房子的劣根性。为什么不能让层层楼房拥有森林，为什么不能把大地请向空中？为什么我们置身于我们习惯已久的楼房不知道询问我们居住的合理性？为什么别人的创新唤醒不起来我们对自然的一丝亲近？

当疑问走进我的脑海，我开始怀疑我的日常生活。认为不自信是前进最大的敌人，其实，我们遍地建满了没有绿色的楼房，这样的前进又有多大意义？一个人在没有希望的道路上奔驰，在刚一奔跑就能看到目标的追求中度过一生，这样的追求还有什么意义？

汽车在道路上奔驰，人们习惯了道路两旁的树木，那不仅仅是景色，绿色还能帮司机消除疲劳，树木的风景会让旅行者心旷神怡。聪明的，请您告诉我，为什么平面上的绿色不能移植到空中，让高空中的楼层享受大地上一样浓郁的绿荫？当您游走在一座城市，犹如置身在森林之海，天空还会这样充满雾霾？城市的热岛效应还会这样顽固地盘踞在我们身边？

我们习惯了拥有标题的文章，规范的学术论文还会有内容提要和关键词，据说这是为了检索的需要。资深的学者也认为没有标题万万不行，如若没有标题，那我们怎么样区分这万千的文章？学者的表情充满疑问和愤怒。就如城市楼房都像大地一样长满了春色，我们怎样去区分红瓦黄墙？因为区分而成就了标题，我想不通。我知道在《父亲》的标题下，有着大同小异的意思表达，犹如在玉米地里，到处是玉米，无非大小胖瘦有高与低，这样的文字有什么意义？为了传播，我们的思想不得不被这种传统的传播模式所强奸。于是，这种模式衍生出古今中外通用的两个字——文化。

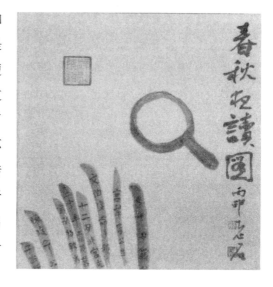

　　我有时喜欢到湿地上行走，特别欣赏那里各种动植物相聚一堂的感觉，他们没有明确的主题，看似不是哪一个生命体说了算，但各自拥有自己的天堂。鸟儿们欢唱，植物们茁壮，大地也平静地承载着它们。在这块湿地上，我沉思良久，虽然单一的粮食能填饱人们的肚腹，但我更愿意化作湿地上的一只蜻蜓，自由地飞翔在芦苇荡中，那份惬意，是游荡在城市的我们所未曾感受到的清新。我渴望每一座楼房都拥有层层绿色，那时，我们犹如生活在花园中一样。我喜欢城市给人湿地一样的感觉。

　　当然我更喜欢没有标题的文章，像蜻蜓一样，在文字的上空无目的飞翔，那多好！

　　我写下这篇没有标题的文章，回过头去看，怕别人说怪异，标以"？"，这样或许好些，因为读者对没见过的东西，总是难以接受；殊不知，这不是标新立异，湿地在世界上已经存在了千万年，只是我们总用看楼房的眼光看湿地，湿地就成了消失的记忆。

　　我有时想哭，为了这有标题的文章，有时为了那越来越远的湿地，对，那些渐行渐远的湿地！

616

这是我第三次来鲁迅文学院学习。

第一次到鲁迅文学院参加英语班学习，名义上是鲁迅文学院的班，上课却在北京语言大学。我在那里认识了天才的同学们，如今他们很多人都成了非常优秀的作家，像程青、孙聘、张运涛等。我时常回想在北京语言大学的幸福时光，张家界的石继丽是个豁达的女作家，我喜欢在操场上和她边跑步边交流，现在分开了，每天还关注她的朋友圈。

第二次参加鲁迅文学院的学习是鲁24期报告文学作家班，这是非常团结的一个班，每位同学都有一段美好的故事。文静的河北女作家田静因突发急病离开了我们，全班同学情感表达令外界唏嘘。这个班级的很多细节令人感到温暖。鲁24，在老鲁迅文学院，八里庄，有革命圣地的感觉，带有历史的沧桑感。鲁迅文学院最早几期的同学都在这里学习过，我喜欢这个校园的幽静与娇小，平时走路都蹑手蹑脚的，舍不得惊动校园东北角的那条狗，它已经很老了，它见过的作家比我要多得多。

这一次来到位于现代文学馆路上的新鲁迅文学院参加为时一周的学习，天气预报说今天有暴雨，早晨在处理完几项事务后，开车抵达鲁迅文学院。被院方告知住在 616 房间，鲁迅先生的像悬吊在楼房天井的偏北位置，我在 616 俯瞰，正好可见鲁迅先生的背影，他的背影也依然是那么富有个性。不屈的作家，即使离开这个世界，精神气质都是富有骨感的。

鲁迅文学院的老师对第一位报到的我并没有格外照顾，房间是提前分配好的，老师说我这个房子数字吉利，我知道，616 暗合着历史上的某一次事件，我没有回应老师什么，所有房子的布置都是一样的。

当我打开这个房间时，一种久违的亲切感扑面而来。一直想在新鲁迅文学院住上一段时间，今天终于如愿了。曾有几次，我来新鲁院，看过杨永康、马季或者别的作家。新鲁院的学员宿舍比老鲁院大了许多，外加两把椅子和一个茶几，适合作家们课后海聊神侃。

在老鲁院学习时，我和上一届的住同一房间的作家接上了头，电脑里留下了他的很多资料，凭借他的 QQ，我们欣喜地向对方倾诉着。

作家是善于倾诉的动物，这次到鲁迅文学院学习，我打算记录所住居室的作家历史，所以格外的注意房子里的蛛丝马迹。

多少有一点小洁癖，我十分麻利地擦洗完桌椅，开始搜索起上届学员的留存，这是 29 届学员留下的一张房间分配表，上面清晰地记录了来自海南的作家吴开贤学弟曾经住在这个房间；在衣橱柜的上方，存留着一个红色的用来装精品砗磲的袋子，袋子不大，但很别致。可能是吴学弟用来装表情达意的礼物的。屋子里的空气有些混合着海南椰子的味道，我想象着这个屋子，再往前，也曾经住过一位思想家，或者住过美女诗人，甚至可能住过一位靠烟雾缭绕来刺激写作的边陲作家。新鲁院已经使用不少年了，在 616 曾经住过的学生应该不算少了。无论他们高矮胖瘦、年龄大小，我想这间房子已经在他们的脑子里埋下了一颗艺术的种子。他们在这个房子里写作散文、诗歌、小说，甚至创作电影剧本，或者他们的生活本身就是电影。我闻到了来自全国各地的味道，优雅的、豁达的、文静的、忧郁的、青春的、苍凉的、幽咽的声音，那些声音从各处散发出来。我看到已经被磨得发光的鼠标垫有些脏，我就拿去清洗，没想到清洗了六次，混合着各种颜色的脏水叙述着鼠标垫的过往。或许曾有一位勤奋的师兄，在夜阑人静之时，面对电脑在冥思苦想。手上的汗水浸润了鼠标垫浑然不知；有不甚清晰的口红沾染在鼠标的背面，我想这一定是位天才的女作家被文字感染得流下了泪水。一层层的气息从鼠标垫上剥离开来，这是等待归零的鼠标垫，却装满了历届兄弟姐妹的记忆。我甚至在鼠标垫上听到了他们的心跳。当我急促地打开电脑，想一层层地寻觅他们历史的踪迹，遗憾的是他们几乎荡然无存。我几乎有些怨恨我刚才洗鼠标垫的行为，让这间屋子失却了过往同学的痕迹。

我大失所望，准备拉开抽屉把自己带来的书籍放进去，这时，奇迹发生了。

一本貌似古老圣经般的黄页书本呈现在我的面前，里面真实记录了曾经到过616居室的同学们的信息。我先把夹在书中的一封信打开看，字迹娟秀，想必是一位女士的手笔，她写道：来鲁院是学习的，平时的课一定要去，最好别像我一样逃课。——这位作家显然很幽默，她又写道：来鲁院，不一定要写作，没事的时候，去和每一位同学深刻地聊一次。她在最后不无惋惜地说："明天就要走了，才发现对这里的留恋。我相信四个月后，你也会有如此感受。你在校期间，如果我来鲁院，一定要记得，请我吃一次饭，因为我写这么多字也挺累的！"落款只署了"学长"二字，落款日期是2013年7月12日。这封信让我看到了

一位作家的诙谐。我小心翼翼地把这封信折叠好，再放进黄页本里，打开扉页，上面写着"继承 创新 担当 超越 616记忆"，顷刻之间，我感觉到自己心中的小秘密被人揭穿，一种透亮的感觉，怀着神奇，我往后继续翻读这本书。

好好学习，广结师友，文学黄埔，大师出焉。

——616师兄 2011.1.7

前面有光，脚下有路。用减法生活，抵达自己内心的深处。

——杨遥 2011.6.6

未来的这位兄弟，不知是大哥还是小弟，反正我是鲁17最小的，住在616宿舍，有缘。鲁院能让我们感动，也能让我们快乐。生活如此美好。

——新疆兵团 董志远 2012.6.14

到广西别忘了找兄弟喝酒。注：小音箱可用

——杨化芹 2013.4.27

我叫杨康，今天我来到鲁院。2013.5.12今夜北京大雨，而我希望自己成为一个真正的诗人。2013.7.8明天我即将离开这里……

——杨康 2013.7.12

秋雨淋湿了一个城市和我，为单位的领导催我回去而发愁，四个月我一天也不想离开这安静之地、文学之地、大美之地。

——孙大顺

一夜无眠，这庞大的城市是否会记得我在某一个角落、悄悄守护、静静触摸第一抹晨光来临。我想做个多话的学长，因为我的学兄们留下带有体温的语句太少了，我要替他们多说几句。这之前的一页，不小心弄湿了，我撕了它，请原谅我的过失。

——2013.9.16

心情还是静不下来，希望北京能下痛痛快快的雨。我是9月3日来鲁院，不，准确说是9月3日来北京，4日来鲁院报到的。今天是11月23日，整整两个月零20天，我们相聚的时间所剩无几了。

——11月23日夜

离别的时间越来越近，我把该带回去的东西全部打包寄了回去，但我无法把我对北京、鲁院以及朋友们的情谊那么轻易地打包寄回去。我自己带着，放在心里藏着，适当的时候，我放她们出来，我们拥抱，诉说思念的苦和装在心里的重。

——孙大顺 2013.12.30

明天就要离开鲁院了，和前几天相比较，心情反而平静了许多，不再隐隐地疼。晚上分别好友时，竟也热泪满面，对于当过十多年兵，送走了无数战友的我来说，四十岁的热泪那么烫、那么热、那么揪心、那么感伤。明天是否有人送我，我将以怎样心情提着行李走出鲁院，我回头凝望鲁院时会想什么？再见鲁院，再见北京！再见我的兄弟姐妹。

——孙大顺

亲爱的弟弟，请别试着纠正我的错别字或调侃我并不规整的笔迹，因为你不了解我写这些文字时的心情。

——2014.1.9

初来鲁院，在这里留下自己的笔记。不过，屋子里怎么没有烟灰缸？我是黑夜的白羊，如果有缘同住616，不妨相识一下。

当你在写作路上走累的时候，我会想起鲁院。鲁院，鲁院。

——王月鹏 2014.7.13

你来的时候，不知道我的三盆植物还在不在。它们是：绿萝、满天星、海棠。如果在请好好爱它们，谢谢！

——周旋 2014.11.17

天气不好，天空很灰，有鸟叫，不见踪影。被污染逼得难受吧！但心情不错，马上去上课。

——刘炜 2014 年 12 月 10 日

即使只有雾霾来欢迎我，我也愿意在今天写下如此的文字，为这即将开始的一段北京生活作注。

——2015.3.16 初到北京

鲁迅最令人感怀的，便是静！静是难得的，又是恐惧的。

——2015.3.22 北京一周记

到了要和鲁院，要和 616 室说再见的时候了，两个月前盛开的玉兰花，两个月后一地的桑葚果，注定我们都是过客。亲爱的学弟（抑或学妹），提前欢迎你（真的老了，住 616 一定会是学弟）来到 616 室，也祝福你的鲁院人生精彩纷呈，欢迎你到西安，一定与我联系。

——鲁 26 文学评论班 王鹏（西安工业大学人文学院）

相隔四年又来鲁院读高研班，从雾霾的北京看中国文坛，感觉文学是如此奇妙伟大，又具有深深的无力感，面对文学史上的一座座高峰，埋下头努力吧！

——杨遥 2016.1.7

在鲁院的第一个晚上，我凌晨三点就醒了过来，不是因为激动，是因为心中的忐忑。"天涯歌者，星路行人"这是我多年前对自己的写照。虽然很多年与文学形同陌路，但心中依然不离不弃。

借夜阑静处，独看天涯星，北京的夜空一片灰红，星星是肯定没有的了。但在鲁院寂静的夜晚，我听到了内心星光点燃的声响。

——天涯星 2016.3.15 凌晨

明天我就要离开鲁院了，很后悔成为最后一批离开的人，因为意味着我要承担更多的离愁别绪。伤感的话不说了，亲爱的 616 的兄弟姐妹，我在天涯海角等你们。

——天涯星 2016.7.16 晚

当我在键盘敲击出这些带有兄弟姐妹体温的文字时，我似乎看到他们在这个房间穿越而过，他们的内心写满故事。当他们离开这个房间回到祖国各地，你可以想象这些作家在某个寂寞的下午，会想起曾经居住过的 616 室。或许，他在这里完成了诸多作品，或许他在这里获取了爱情，或许他在这间屋子里顿悟出文学的伟大。616 作为一个分界点或者一处值得纪念的地方写进了他们的生活。今天，我做为短暂的过客，也和他们一起感受这个房间的味道。空调很凉，隔膜了整个夏天。我不知道该在黄页本上写些什么，才算接好学兄的链条，给下一位学习者怎样的启迪？

616，鲁迅文学院的一间普通的学员宿舍，给我一个难眠的夜晚。

（2016 年 7 月 25 日星期一于鲁迅文学院 616 室）

理　发

在京城理发，需要善于发现。

平头不好理，对城市里的理发师而言，两元理一次头简直是天方夜谭。

怀念小城，小城的感觉很好，在泰安，泰山脚下的一个小店，理发师是我喜欢的，让他理发理了十几年。中间假如出差在外，再去理发，理发师就像遇到亲人一样，嘘寒问暖，好像离开他几年一样。这样的情感，我怀念。理发师有什么家世，老板娘有什么脾气，常年理发，都会摸个一干二净。有一年，市里的电视台播送街头执法，看着老板娘在电视里掐腰大骂，想笑，却笑不出来。

理发需要一种经历，更需要一种审美。我为什么理平头，因为大爷就是职业理发师，在乡村长到十五岁，都是大爷给我理平头。习惯了，平头干净利索，那时乡下人理平头的多。也看到过清朝遗老的大辫子，在乡下犹如怪物。大奔头在那时很时兴，父亲喜欢理那发式；我的头发硬，长了会立在头顶，钢针一样，还是短发好。因为各地理短发的师傅越来越少，我这个泰安发型，一直坚持了许多年。找一个理发师不容易，了解你的理发师，会一边理发，一边轻松谈笑，不觉中，头型就显现出来。

有一年在滕州官桥施工，连续几个月无法回家，到官桥镇上，年轻的理发师拿起推子直奔头顶而去，先把头顶推出一片平地，先后旋绕开去推周边的头发，他推推子的声音富有节奏感，一招一式带有艺术家气质；推完后拿出剪子，剪子铰出的声响"嘭嚓嚓、嘭嚓嚓"，合着诗歌的节奏，好听极了；刮脸刀蹭在脸面上，顺然一抹，从镜子里看到光滑顺畅的肤面出来，心下就十分快意。在满足中，理发师继续挖耳朵，拍肩膀，敲脑勺，整个动作连贯、彻底、舒展，等你从座位上起来，浑身通泰。更滋润的是，理发师还会讲古，从毛遂自荐讲到刘邦征战，让你感觉到刚从古战场回来。此后三十年，再也没有经历如此快意的理发师。那个理发店是父子店，父亲带着两个儿子，算来那两个儿子如今已到父亲的年龄，不知道此店还在不在？

单位里的同事怨恨城市里的理发价格太贵，学会了自己理发。我不知道自己理发怎么理，但看上去他那头型周正，也没有什么破绽。在济南工作时，铁路局的同事，因局长给他铺排的工作太多，压力大，头发脱得厉害，他就干脆就坡下驴，常年理个光脑袋。他比我年轻，如此光亮的脑袋晃来晃去，想调侃他，却又不知道从何说起。后来局长离开济南，他的头发才逐渐又长了出来。去年相聚，黑发浓密犹如少年，让我羡慕不已。

北京城里的理发自然贵得没谱，有机会在人民大学读书，东门理发师会理平头，西门也会理。我住品三楼，靠近西门，理发师是江西人，小伙子快三十五岁了，还单身，喜欢和我聊天。理发技术不算好，但能理平头。我常找他，理发的价格逐渐由十元长到二十元，感觉还有平民情怀。乡下大爷的收费靠乡党随便扔在塑料袋里，城里理发有专门柜台，煞有介事地收银，银行似的，感觉太过正规。

有一次到南礼士路公园附近办事，看到有退休的老年人，写一个木牌，拿一把椅子，靠公园一侧，乡下的剃头挑子一样，摆在那里。理发一元到三元不等，我看了一两个小时。为理发师的这种举动而感动，也为那些被理发的人而叫好。

大爷的去世，让本家人享受的免费理发成为一种奢望。渐渐消失的理平头手艺，让我在这个城市里为理一个发而东奔西走，我真希望城市里多一些理发的路边摊，给我一份观赏的美感。我没有勇气在街头理发，但我喜欢这样的一份感觉。平头留下了美好历史的记忆，其实在这个城市，廉价的并不是不美的，问题是我们的心，自以为高贵起来了。

有一天深夜，我在睡梦中感觉头发脱个精光，犹如我的那位脱发同事一般。惊醒过来，摸摸头发，硬硬的还在，只是没有以前黑了，平头或许会让一些白发不那么明显起来。生活给你提供一种可能的同时，关闭了另一种可能性。这个优雅的城市，总会给人们提供更多无奈的情景，时光总在往前走，也不好说什么了。

（2016 年 7 月 30 日星期六写于天逸金融服务集团）

写字楼

少时最怕在玉米地里行走，人出来，脸上被玉米叶子划伤，衣服贴在身上，是那种摆脱不了的热——和后来到广州时的感觉一样。高粱地稍微好些，高粱比玉米挺拔，倘若下雨，雨儿在高粱叶之间噼啪响个不停，高粱是要打去多余的叶子的，为高粱打去下半身的叶子，犹如给一个乞丐洗完澡，爽利挺拔的感觉真好。那时，你若再穿梭在高粱们之中，就会有清爽的感觉。高粱上生产的乌麦、蘑菇一般，好吃。这都是十六岁之前的事。在沂蒙，在山水之间，蓝天、白云、烈日。大片的青纱帐，然后高粱红了，红得耀眼、满了山坡，醉了农人的眼。

城市的祖辈也是这样，大片的良田种植大片的高粱，沿着高粱地行走，一个人很容易迷失。乡党最明白生活的惬意，其实是没有离开自己的那一亩八分地。田野的辽阔在寂寞的冬天更加明显。

然而，人来了。

然而，皇帝来了。

然而，归顺的大臣来了。

然而，西方的科技来了。

然而，文明和文明的兄弟们来了。

庄稼渐渐退隐，让位给城墙、院落、军队、命令。

红高粱渐渐消失，高楼出现，混凝土森林出现，汽车出现，马路出现，学者出现，喋喋不休的商人出现。

城市笑着，却像是在哭泣。

然后我穿梭在写字楼之间，从一座楼到另一座楼。穿梭耗去我大量的时间，但我不得不穿梭。在无法种植粮食的城市里，我需要粮食的养育。红高粱转化成美酒，我们靠大米、白面度日，城市在不断扩张，大片的红高粱消失，土地上矗立起一座座楼房。

每当我在一座写字楼前驻足，我就感觉自己的渺小，呼吸都变得困难起来。在天津，我怀疑一座密不透风的楼房里，那些文字是被混凝土炮制出来的，没有一点土地的气息，我不相信城里的文人能写出什么好文章。至少，没接触过土地的人，难以让他写出亲近土地的话语。然而，我们却喜欢活在他们的语境里。曾经来自乡野的作家们，变异成城市厨房里的蟑螂，他们失去了乡野里蝉的嘶鸣声。规范化的写字楼让命名为作家的动物更像作家。我有时站在写字楼外发呆，想象着楼里的人，想象着渐行渐远的高粱们。

然而，被写字楼捂白的女人走了。

然而，被用坏的电脑、打印机离开了。

然而，在写字楼里发号施令一辈子的董事长走了。

然而，那些不甘寂寞但生命不息繁衍不止的蟑螂们也走了。

然而，过时的风扇、灯具也悄悄地离开了。

写字楼越来越高，写字楼越来越多，写字楼就永远不记得红高粱了。

我每天依然穿梭在写字楼之间，在这座城市生存，你需要依赖楼群，依赖写字楼去完成一个程序，再完成一个程序，然后去换取粮食。

我依然和那些金领、白领、蓝领打交道，他们是这座城市的主人。

在推杯换盏期间，在饱餐美食之余，没有人会想到曾经的红高粱和冬天大片冷寂的原野。这里已是写字楼的世界，在人

们的生活里，写字楼永远是端正、现代、文明、高科技的象征。写字楼已经成了这座城市不可替代的依托物。悬在半空的高大的电视屏幕里偶尔会显现红高粱的影像，过往的人看也不看就又钻到另一座写字楼里了。

我也只好胡思乱想着，继续行走在城市的街道上，在逼仄的写字楼之间，我在搜寻一棵庄稼的影子。

然而……

（2016年7月31日写于阜成门万通大世界）

书

作为一位写作者，每次新书出来，还是多少有些欣喜。写作者都有铅字崇拜，印刷出来的文章，感觉就得到了承认，这种小愿望，实在不足道哉。可正因为这种小愿望，让作家对书们保持了一份兴趣，一点尊重，一种若即若离的情感。

还是自作多情地喜欢送书给人家，有些人根本是不读的，要么认为这就是小儿科的东西，要么感觉读书浪费时间。有些人问你要书时十二分的虔诚，过后那书早被丢掷在一边。有一次在济南英雄山闲逛，发现我早年送出去的一本书赫然躺在旧货市场上，那上面清清楚楚写着受赠者——某先生的名字，我很羞愧，真想告诉某先生：卖书前最好把写有我的赠言的那一页去掉！好歹作家的脸习惯于被人踩躏，政客也罢，商人也罢，评论家也罢，貌似虔诚的读者也罢！有了这种经历，我喜欢把别人的赠书归拢在一起，生怕自己把别人的杰作当做旧书处理了。

在山东泰安，我有一个大书橱，可以装很多书。下班归来，看着它们就踏实。周末带一本两本去泰山上逍遥，堪称神仙日子。北京不行，地儿金贵，房价太高，人都少地儿住，书们只好委屈在办公室里，或者床下、桌子下面，这有点埋没夜明珠

的感觉。以至于那天去拜访友人，他办公室的一面大书橱摆满了书，甚是羡慕。羡慕归羡慕，书随主人贵，我无法让书儿们那样显摆。每天上班，总有一两本书在手边把读，也算尽了与书之间的情谊。人老了，回顾自己写的书多为文学书，而文学书读的人越来越少。散文写得多，语感与眼界还欠火候，权当读者的小点心。一直想写一个长篇，从青年时代到现在，大概二十年了吧，到现在没写出来。可见愿望和现实的距离有多么遥远。

最少读的是日记，我几乎连续多年一天不落地记日记，每年还会装订成一本书，但只做查资料的用途，或许以后有人会用得到。书在书群里显得严整，散乱开来，则成了混乱的因素。这或许是聪明的领导人喜欢对知识分子归类的原因。

散文家刘荒田先生的书我常读，他和王鼎钧先生很熟。王先生是兰陵故里人，气息上平添几分亲切。他的书大陆版以及台港版本我都有，读起来舒心。有一次听他的视频讲话，如在跟前一般。最气的是主持人限时演讲——既然要求王先生来了，为什么不让他放开讲？一位八十七岁的老人，丢一句就是一筐金子啊。

把书搬回家，意欲撤退，办公室的书橱空了，人也感觉空虚了很多。书们于是再一点点地聚集来，不久又如齐整的部队一样等待检阅。书橱又满了，看着它们踏实，只是我的那几本书摆在里面，没有什么光亮，我很惭愧。我期待着自己早日写出一部长篇来，找一个用心的编辑，最好还能让一位才女配以巧妙的插图，然后精装，我想让我的书在书橱里闪光，不光我喜欢它，到我这里来的朋友也能真心喜欢它。

（2016 年 8 月 2 日星期二）

早 餐

我一般是最早赶到单位吃早餐的。

铁路工程单位的好处是供应一日三餐，过去是，现在是，将来恐怕也是。

工程队的早餐不是免费的，有一半人吃，一半人不吃。管理人员大多是不吃的。劳累一天，大家会喝酒、打牌、看电视，常常误了第二天的早餐。有的人会一直挺着饿肚子到中午。大家晚上吃饭的时间长，食堂一般会延伸到八九点关门。倘若在冬天，围坐在火炉旁边，边喝酒边聊天，好不快哉。现在的工程队一般都用空调了，就少了这份情趣。三十年前的工程队不是这样，点名上

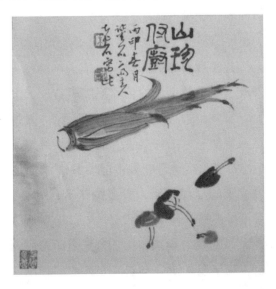

班的人不少睡眼朦胧。我算清醒的一个，回忆起来，那时早晨不吃早餐的，眼下没有几个好身体的。工程队的早餐简单，馒头、稀饭、咸菜，有时也有鸡蛋。记得有位上夜班的兄弟回来，嫌弃炊事班蒸出的馒头黄碱面多，难吃。理论起来，炊事班长动起了舀稀饭的勺子，理最终虽被上夜班的老兄争过来了，但他额头上的勺印子经久不退。我吃早饭时，故意拖后，以免碰着挨打的那位兄弟，因为见到他，笑也不是，劝也不是，沉默也不是。工程队的早餐故事很多，有个懒女人，每天起得晚，炊事班长和她好，好东西总给她留着。工班里的鬼精灵善于借这种机巧，十有八九能淘着好吃的，末了，还能收获炊事班长讨好的笑脸。回忆工程队的早餐，就牵出那时一帮吃苦耐劳的兄弟，想想，有时感到温暖，有时感到心酸。

　　早餐对一个人的身体很重要，我很少不吃早餐。泰安是个奇怪的地方，早餐一般很少，不如我的老家临沂。早晨卖糁，很出名，肉做成的汤羹，鲜美无比。据说来自古代西域回族的早餐。临沂糁铺不少，喝糁讲究热、辣、香、肥。一碗热糁配以油条、烧饼、烤牌、咸菜等，味道甚美。有牛肉糁、羊肉糁、鸡肉糁等多种，好像在里面还会看到面筋。我不会做，只会吃。

　　其实我对早餐很挑剔，很少在路边摊吃，这习惯在少时就养成了。十年不见的粥和豆腐脑有一天突然摆在流井村的大街上，娘早晨去买来，喝一口粥，瞅一眼粥面上的香豆，感觉那是天下独一无二的美食。故乡很少亲近，粥豆却嵌进脑海，想一想都满口生香。在城市里很少见到这种渗透着母爱的美食了；单位里的豆汁不错，没多少味道，只是喝起来简单，喝一碗，还可以再喝一碗。

　　和晚宴的繁杂相比，早餐最简单，请人用晚宴的多，但恭请人吃早餐的少。喜欢广州人的那种闲散，喝早茶，可以那么丰富，慢慢地享受早晨的时光，可以品茗，可以早点，晨起就可享受世界上的美味。北方人喜欢"一日之计在于晨"，整天忙忙碌碌，也没看到最终北方人富过南方人。地域文化的差异，让同一件事，可能有正反两方面的效果。

　　和一央企领导共进晚餐时得知，他在家喜欢做早餐。在妻子的鼾声中噼里啪啦把早餐做好，然后轻唤妻子起床同餐，那是怎样的柔情蜜意？这样的与妻同餐的领导越来越少了。我是平民，平时习惯于到单位吃早餐，周末在家，也是君子远庖厨，想来甚为惭愧。

　　某位同事回忆说，他的整个少年时代很少吃早餐，有时一块萝卜，一个烧土豆就成了上早课路上的美味，在中国西部，他这样的人很多。他轻描淡写地说着，我却张大了嘴，久久没有合上，因为我的嘴也曾像他一样饿过，不过，没有他那么浑然不觉罢了。

（2016 年 8 月 3 日星期三写于北京游燕斋）

圈

接到一位作家甜言蜜语的电话，知道她找我有事，没有事她是不会这样甜蜜说话的，我则像吃了一只苍蝇，对这样的拖布般用人的人，我一向是冷静的。一个以塑造灵魂为己任的作家的灵魂尚且如此，而不以丢失灵魂为耻辱的人，更是无法要求了。

倘若观察一下我们的周围，总有那么一批人，喜欢挑拣别人的毛病，而不愿意分析自己身上的缺点。和他们相处，把别人的忍耐当软弱，把别人的无语当无能，把别人的谦让当憨傻，他们喜欢说些无中生有的话，传播些某某人的怪事，合伙营造貌似真实的推理欺骗领导，然后渐渐地形成一个圈子，以获得互相之间的认可而满足。在他们眼里，圈子以外的人做出的事情就是异类，就是大逆不道，或者就是他们的敌人，这样的圈子是很可怕的，有时他们能起到指鹿为马、摧山拉树的力量。几乎每个人都在责怪周围的小人多，就没有人愿意静下心来问一问自己是不是小人？所以卢梭很聪明，他能自我忏悔，而我们更多的人是让别人忏悔，在别人的忏悔面前露出满意的笑容。

一位领导者如果喜欢听下属恭维的话，而很少去听直言谏语，他的周围群体就会积聚起讨好他的人，无形中的圈子就形成了。问题是，许多人在台上的时候，没有人敢去说逆耳的话，等下台以后甚至身陷囹圄，那些献媚他的人又去谄媚别的领导

者了，等他自悟后意义也就不太大了。在一个单位，领导者的威信需要维护，但因为维护领导者的威信，而让领导者自身失去了自我度量的能力，一个堕落的圈子就形成了。事实上，这样的圈子无时不在悄然形成，有时有形，有时无形。如果你身为领导不觉察，迟早有跌跤的危险；作为下属你不理性，很可能就成为那个谄媚的推波助澜的人。

　　圈子无所不有，学会辨别，才有认清自己的可能。譬如你在文学界，假如你写了几篇作品，甚至获了几个小奖，乃至于成为什么会员，然后你就自以为是，感觉良好，那文学其实已经离你越来越远了。真正的写作者每天靠写作来充实自己；虚伪的写作者，每天靠圈子维持生活。我认识北京的一位作家，一年到头写不了两首诗、几篇文章，但在北京文学圈里无一不晓，让人甚感悲哀。文学圈的各种圈，事实存在着。一个作家没有破圈的功夫，只有泡圈的能力，怕与文学无补。更可笑的是，个别鲜有作品出现的老年写作者，善以几十年前的一篇老作品自傲于世，并以某某老作家曾为其端墨佐证自己的资历之深，这样的作家让我打寒战。倘若您跟随这样的人在文学圈子里混，

久而久之就会失去自我。一个失去灵魂的作家还叫作家吗？

圈子不分行当，工、农、商、学、兵，七十二行，行行有圈子。想跳出圈子不容易，但在圈子中多想想自己有几斤几两，就不会写了三天书法就自喻为大师了。我们每个人几乎就生活在圈子的连环套之中，想逃脱是不可能的。同学圈、朋友圈、同事圈、老乡圈；文学圈、书法圈、学术圈、技术圈；地产圈、金融圈、公务员圈……圈子套着圈子，一个人很容易迷失在各种圈子里，清醒一些，拍拍良心，看看前面的路，鉴别一下周围的陷阱，你才能获得逃脱圈子的自由。

面对那么多圈子，我经常会摇摇头，最好的自由是无视这些圈子，而现实中的我们，又该是怎样的无奈啊！你能告诉我摆脱圈子的妙招吗？

（2016 年 8 月 5 日写于北京）

大　孩

真怀想那时候的生活。

一群无忧无虑的孩子,在泰安西货场打楼板,那时,我们都只有十六七岁,都是接父亲的班到铁路工程队的。

铁路工程队的活儿单调,一天八小时,加上前后一小时的准备和洗刷,其实等于九个小时的工作。

春天里风沙大,夏天热死,冬天冷死,可兄弟们的干劲儿足。平时,同事间就像兄弟姐妹,没有更多的间隙。晚辈的称呼长辈伯伯、叔叔,长辈的喊年轻的大多为乳名。也有以外貌形象称呼的。譬如一位叫潘炳镇的老哥,长一脸青春痘,红得像多年战斗在礁石上的海军军官。他的肚子很大,好像怀孕的女人,兄弟们就喊他

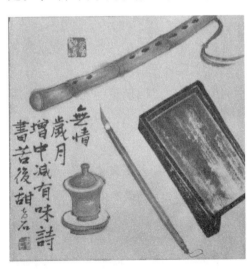

"面包"。"面包"却也不喜不恼。但比他年龄小许多的，还是要恭恭敬敬地喊他潘哥。当然，潘哥不在场的时候，大家还会喊他"面包"。还有一脸大胡子的"老驴"，调皮耍聪明的"孙猴子"，老是睁不开眼的"张迷糊"，走路一瘸一拐的"朱（猪）老拱"。工程队对人的称呼直接、形象，喊人的会虚张声势，被喊的人也无可奈何地答应。这样的氛围亲切，工程队像村庄，人与人之间，毫不设防，似乎近了许多。劳动产生美，劳动也产生感情。也许在童年到青年的这一段过渡期，近乎压榨身体的磨炼，并没有让我感到工作、生活的悲苦，反而让我感受到兄弟姐妹般的尊重与温暖。

1981 年接班的那一批，十六七岁的孩子居多。铁路工程队顶替接班的制度，让一些熟悉的面孔重新陌生起来。这些孩子们带着他们父辈的故事，各自怀揣着老人之间的一段难以忘怀的情感史。铁路工程队的老一辈，从东北大小兴安岭的森林深处工地，到经受西南成昆铁路的危险，每个老工人后面都有一串说不完的故事，这些故事在工程队里口口相传，那时小伙伴们幼稚，对一切都感到稀奇，老师傅在一溜儿大通铺的房间里讲述过往的故事。遇到讲男女之事，小伙子们会蒙着头去听。早晨，有促狭的老师傅会检查有哪些小伙子支起了帐篷，或者昨天晚上又"来事儿"了，在施工队苦中作乐的日子里，这些微小的细节成为温暖大家的精神佐料。四班里的几个孩子很团结，因为长辈之间相互交好，传到孩子一辈，大家自是珍惜。其中大孩是我同县的老乡，他父亲和我父亲同一天参加铁路，从东北到西南，再回山东，亲如兄弟。大孩文化虽不高，但人灵活，整天笑眯眯的，好像揣了一肚子的笑料儿。大孩生在山东兰陵镇，那时回家他爱买几瓶兰陵大曲给工友们喝，我的第一次被酒辣坏了嗓子就是他捣的鬼。

大孩是他的乳名，他的真名叫李玉川。现在虽说是五十多的人了，我有时还喊他大孩，感觉只有这个名字才对得起我们两辈人之间的情谊。他和散文大家王鼎钧是同乡，不过老弟生性对文字不甚感冒，倒是我热衷于收集鼎公的所有作品。后来我与大孩分开了，我去上学，他也离开了铁路工程队，调到了临沂工务段。兄弟俩虽然天各一方，但每次通电话，双方都会很兴奋。不爱学习的他一旦发现局报上有我的小文字，就炫耀给他的工友们。

不知不觉我们就老了。记得有一年和大孩在济南一家旅店碰面，多年不见，他依然那么喜欢啃猪蹄子，在工程队，他就喜欢吃这类东西，而我总怕腻，他那一身膘又扩张了不少，一看背影活像黑社会。此后几年没有相见。家父、家母先后离世，去年，大孩的父亲去世，我因事未能前往，委托二弟前去拜谒。两家人的情谊因为铁路而延长着。

二弟在日照铁路工地做监理，正好与大孩兄弟工作在一起，他传来图像，我一看就笑了。这块头，扮演某国鬼子，一点不用化妆，我微信上甩过话去，那边就传来"哈哈哈哈哈哈哈"的笑声。

整个下午我很开心，想着大孩，想着我这个永远长不大的兄弟。

（2016 年 8 月 5 日于北京）

我

伊与我同在的一个下午。

没有瀑布的水帘洞。

枣木色的茶桌，旁边是四千年的时光。

茶的气息，如仕女的手，又是藕塘里散发着的荷花香。

风语，水说。伊开启的是一扇漆黑漆黑的铁门。

门上的铁环泛着传统的光芒。

破墙斑驳，能看清苔藓留下的痕迹。

地板砖似从远古而来，厚黑而富有质感，对称着茶桌上餐巾纸的纯白，假叶超过真实的绿，泛着比真实还真实的光。红花因其塑料的质地，无法散发幽香。

偶然的相遇构成今日的必然。

无风之洞也散发着无形中的阴冷。是春秋交接前的时日，明天就要立秋了。

这个下午很好。

沿着拥挤的马路而来，沿着浑浊的汗水而来，沿着深长的窄道而来，拐过一个个古朴、藏青色的墙角，这个人造洞中的茶室，如山中的仙人居，飘然而出。

似乎能看到仙者已逝的长髯，看到云雾缥缈的样子。

律师的面色凝重中有和缓，是紧张中的松弛，面庞富有正义之色。在利益与法律的交叉点上，他在刀尖上跳舞，难以寻找的平衡点永远是他寻觅的对象。话语发出去，又从洞顶弹回来，能听到一丝和鸣，我笑了，伊也笑了。

吃茶的形式与声音远离了野蛮人的古相，看上去富有仪式感与现代性。音乐是现代舞者所喜欢的，优雅中有跳跃；它们的声音难以击中我厚重的壳。

八月的北京，炙热与雾霾同在，关爱与冷漠共生。

一天就是一年，一处就是一城，此刻就是一生。

律师不为案件而来，只为这个中午的消遣；然后为我和伊悄然打开通往天宫的门扉，然后就像序幕一样地离开了。

伊与我的对擂，更像是一场融合：管理与技术的融合、传统和现代的融合、生活与工作的融合，文学与世俗的融合，男性与女性的融合。

大幕拉开，我与伊各有所据，叙述、议论、闪转腾挪，正视自己，有时自我剖析，有时互相赞美。不去试图说服自己，抚慰对方或者说明背景，勿须欢笑，也不用哭泣，让音乐把心情梳理成一条自由的河。河水涌流，直到看不见河底的礁石、水草和游动的水生

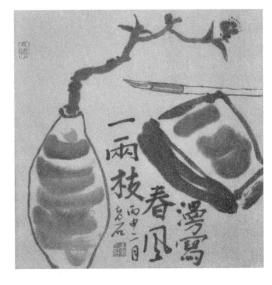

物，一切主题不明确，好像又有一切明确的主题。

我的铠甲被伊一片片揭下：虚伪的，名利的、居老的、自圣的、地域的、企业的、性别的、文化的、作家的、历史的……我顿时感觉轻松了许多，伊边剥我边愉悦；佛让我感念，伊让我轻松，几乎没留最后的一块遮羞布。

我没有全裸的羞涩，却有新生的幸福。伊送我自信轻柔的衣衫，伊讲过往、退让，忍耐、无语的抵制、下属的尊严，自我疗伤，讲跳跃与平衡，讲圈子与围墙，讲急切与舒缓，将故乡与京城，老兵与自己。伊的眼光如跳跃在湖面上的阳光，左右闪烁，稍纵即逝。

时光，搁下来，拿起来。梳理了四千年，找了四百年的节点，对应了四十年的过往，剖析了四年的得失，思考了四天来的一切。

洞中日月天，伊我相语还。

铠甲已去而轻衫将穿。

相视一笑，满洞皆绿色、茶香，音乐已停。

无关风月。

谢伊来，谢律师兄弟的出走。

2016 年 8 月 6 日的下午，周六，我突然不见了我。

后来，我在那个洞里却又发现了我。

谢伊，谢这个无水的洞。它不是自然的，却比自然还自然，我获得了季节的穿梭感！

（2016 年 8 月 8 日于北京）

马蜂窝

韩刚老弟是"为我读诗"的策划人，他租住的房子窗户上有一马蜂窝，马蜂们每天在忙碌着，马蜂窝就每天在加大，"为我读诗"也一天天强大起来。我问他：你怕马蜂吗？他说：不怕，每天他都会敲窗户向它们问候，开始它们还飞一下，后来就不理他了。

他与它们相遇而安。

韩刚是典型的北漂，租房住，平时做导演，每周一三五，他会为他所喜欢的诗歌录音。他对诗歌的坚守令我感动，我几乎每一期都要反复听两遍。去年，我的诗有两次被他所在的团队录制，高品质的朗诵提升了我的诗歌品质。我以为每天高品质的录音一定是在一处优雅的别墅里完成，当得知韩刚住在五环外，与那一窝马蜂相聚在一起，心还是一紧。韩刚小我三岁，属猴的，武汉人。属相是可以南北奔跑的，但对于一位南方人，北方的气候或许不适合他，他能坚持下来很不容易。这是一群来自南方的马蜂吗？它们是因为知道韩刚的孤独而来陪他居住的吗？

马蜂的确算不上北方的珍品，小时我害怕蛇而很少害怕马蜂。烧马蜂窝是我的擅长。无论是藏在院落里的马蜂窝,还是田野里的马蜂窝,我都会很快找到它们。幼稚的马蜂会很快引领我找到它们的居所,在进进出出的间隙,它们的老巢就会顷刻暴露。老马蜂可不好对付,它会干扰你的视线,对付它,你可要有足够的耐心,最好用南瓜叶子把自己伪装起来。再聪明的老马蜂也经不住坏小子的死盯,它终于露出了破绽,在它佯装往北飞一段之后,没有发现可疑对象,转而向南,直奔它们的巢穴而去,这时的坏小子们,只有发出怪笑的可能了。烈日下的柴草很快枯萎,

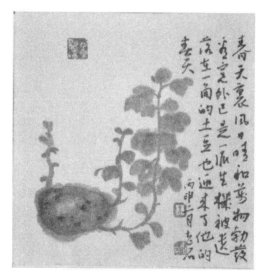

夹杂一些干草,又烧又燎,是对付马蜂的最好办法。等马蜂们大多数被烧死,马蜂窝就可以被我们撕破,里面烧熟的蜂蛹散发出蚕蛹的味道,入口喷香,多食不厌;倘若你只顾吃蜂蛹,被后来寻巢的马蜂盯

上,很快就起个红包。那是仇恨的毒刺,比平时被马蜂蜇了厉害。有个孩子,那时被蜇了,肿了半个头,那时他的小鸟也因为尿沘蚂蚁窝,肿成一个球,上球与下球相呼应,控诉着马蜂和蚂蚁的罪行。成年后,他的两眉之间留下一个永久的窝,撒尿也形成发射性恐惧,要分好儿段才能尿完。

我有幸很少被蜇,真正的刽子手是很少被报复的,面对韩刚兄弟租房上的那个马蜂窝,我对童年的马蜂们忏悔着。我记得被烧掉的马蜂窝被我和小伙伴们一块块撕掉,它们襁褓中的

孩子，也被我们愉快地吃掉，我们还会像比赛杀人的日本鬼子一样，炫耀着我们灭掉马蜂窝的战绩。马蜂们盘桓在曾是它们居所的地方，久久不肯离去，有时三五天，有时甚至一个礼拜。它们执着得像一群战士。我曾经见到一群被毁灭掉巢穴的马蜂，在经过一段忙碌的劳作之后，又在原址上重建家园，当我第二次像强盗一样再一次烧掉它们的居所后，我清楚记得母亲打了我。那些再一次失去了家园的马蜂们，像永远失去了土地的农民，母亲无奈地看着它们，棍子敲打在我的头上，我也不躲，我知道这是我的报应。

面对一个北漂的居所，面对一个诗人租来的家，面对借租的蜂巢，韩刚和它们互敬互爱。

他与它们相遇而安。

再毒辣的动物也需要一个家啊，你不去惹它，它会成为你的朋友；而狗曾被当做人类最忠诚的朋友，网曝的家狗伤人事件，也多是人类对狗的不尊重造成。万物一理，兽类的温柔能被人类唤醒，人类的兽性也会被某一微小的事件催发！

我一生的居所，时常有燕子落脚，这也是我书房名的由来，冥冥中，上帝原谅了我童年时的过错，给我以忏悔、改正的机会。马蜂们，谢谢你们给我的昭示！诗人们，感谢你们，感谢你们容忍了马蜂，让我看到了爱的图景。

（2016 年 8 月 8 日于光大花园）

王树民

王树民老师的确算得上一位好老师，那时讲语文，最让我沉醉。宽阔的大脸正好承接古文的深奥，即使他脸上长满了刺疙瘩，我也认为那粉刺里包藏的也一定是丰硕的知识。

然而，一次考试改变了我和他的关系。

那时，乡村里的中学，也就是流井中学的窗户是对流的，这颇让乡村里的中学生引以为豪。在乡下，能在宽敞、对流的房间里学习，是让无法上学的小伙伴们羡慕的。学校的北面就是田野，山区的田野层层叠叠，有时麦香也会传递过来，这是乡村中学的独享。王树民老师那时是我们的班主任，喜欢在教室外踱步，听到他的踱步声，念书的声音就会大起来。他教语文，声音能盖过窗外知了的叫声。流井中学历任语文老师的讲课我都喜欢，对王老师的嗓音尤为喜欢。

大概是一次期末考试，夏天，焦急的心比知了的叫声还紧，我一考试就紧张，一紧张心情就和知了叫声一样，一声高过一声。风吹得考卷哗啦哗啦响，考场里只有王树民老师踱步的声音和同学们的喘息声。窄凳子上是我们的小屁股，汗水明显地传递到凳子上了；桌子是那种低劣木料做的，桌面坑坑洼洼，有的还开着硕大的洞。平时写字，下面会垫一本书，字才能写端正。有两张考卷，笔一用力，就会戳破纸张。那时两张卷子是分开的，我答完第一张，要换第二张时，恰好来了一阵风，风卷着第一张考卷，在桌子周围打一个旋儿，王树民老师突然出现在我面前：你作弊！他立即宣布我停止考试，到门口罚站，我欲争辩，他的脸变成了猪肝色，青春疙瘩豆因充血而闪亮，泛着像《红岩》里江姐面对叛徒的表情。我很无奈，只好含泪站在教室门口处，看着同学们。同学们有的惋惜地摇头，有的伸舌头耻笑，有的不敢看我。我站在那里无地自容，天很热，心却很冷。恨不得找个地缝地遁而去。

那一天我似乎失去了好多同学，我恍惚着回到家，娘刚从田野里回来，看着篮子里那些新鲜的地瓜，我灵机一动，央告娘允许我带一些地瓜送给王树民老师吃。第二天一早，我轻轻砸开王树民老师的房间，王老师十分鄙夷地看一看我，又看一看篮子里的地瓜。那是沂蒙山区人最爱吃的黄瓤地瓜。我向王老师解释着我昨天没有抄袭，只因为来了一阵风……不等我说完，王老师果决地说：我已经看见了，你还狡辩？你没作弊，你拿地瓜来做什么？他把我递上去的篮子往地上一操，地瓜们纷纷从篮子里滚出来，有两个地瓜摔断了，黄色的瓤面冒出了白汁，如眼泪一般。我在原地看着王老师离去，赶紧收拢了地瓜，怕同学们看见，慌忙将受伤的地瓜们带回家。母亲问我怎么没送出去，我就哭了。知了陪我一起哭，在我乡下的庭院里，那个早晨的啼哭足以让我铭记一生。然后病了大概一周。

此后的许多年，我在外奔波，学会了冷静，更学会了宽容，但我一直在寻觅王树民老师，我向同学们打听，同学们说，那是孩子时代的事情，何必那么较真？我向数学老师翟纪法打听，他是爱提问我的一位老师，我对数学的喜爱缘于他和另一位数学老师陈为勇，他说他不认识王树民老师；我向故乡的官员们打听，一些人告诉我，王树民老师已经故去多年了。

在王树民老师那里，他肯定还在认为我是真正抄袭了，现在他已作古。没有人为我作证，我只有一颗要求还原的心。假如有灵魂，有一天，我的灵魂与王老师的灵魂相遇，我也定会把这件事说清楚。

后来我也在大学里做过特聘教师，也在学校外培养徒弟。无论做什么样的老师，我不会轻易地相信我的眼睛，我会耐心地倾听学生的声音，对犯错误的同学不轻易否定。这种宽容或忍耐曾被一些人看作迂腐，但我知道这种迂腐对这个世界的意义。

只是煮地瓜的时候很少把黄瓤地瓜砍断，而是整个放到锅里。那白色的汁液，我不忍看，它会让我回想起童年的一幕。

（2016 年 8 月 10 日星期三于光大花园）

荷

不知不觉就是秋天了。

春天好像就在昨天，好似一个人的童年。

那时满池荒芜。去岁的一切破败在池子里。没有水，淤泥已经变干，在春日的阳光下，看不到一丝生机。我忘了这是春天了，看那满池子的淤泥，好像还沉浸在冬天里。

零星可以感到凋零的荷花们的影子，但想象不出那时的繁华。

日日走过荷塘，荷塘在公园里。越过公园是那条四季不息的河流，走上跨河的桥，看从北流向南的河水，河水涌流，夏天偶尔会泛滥，冬日凝结成冰，我喜欢每天在桥上留影。与船，与桥栏杆，与柳树，与铁塔，与小鸟，与天空。为我拍照的，有老态龙钟的老人，俊美蹦跳的少女，刚强有力的军人，韵味十足的歌唱家，在他（她）们为我按下快门的一瞬间，或许会为我的童心所感动。

风由冬天的凛冽改换成亲民的风格，行走在公园里，没有裹紧衣服的必要了，然后是三月的风，四月的云彩；五月的花朵盛开的时候，已经看到荷塘里的水渐渐地盖过池底了。我清晰地记着水们拥挤着，欢快的样子。荷池是一天天滋润起来的，仿佛从农村走向城市的孩子，从干瘪过渡到丰腴，自那日，荷池就一天天的俊俏起来了。

雨水牵来了蛙鸣，我在荷塘边感受远去的故乡的气息。

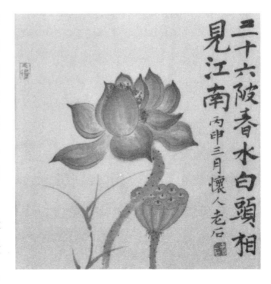

下班以后的路，越过夜色朦胧中的荷塘，蛙鸣清晰地界定那一片水域，这动人的声音啊，犹如天籁之音。在城市，在这个越来越背离自然的城市，青蛙们成了最后的歌者，它们在为这个城市唱挽歌吗?

因为有了水的滋润，你可以想象青蛙们鼓起肚腹欢唱的样子，带着一股豪气，喷着水的灵气，借着荷塘的意蕴，这群青蛙们的呼喊啊，一声高过一声;倘若漫步的声音惊扰了它们，蛙声会微弱下来，或霎时停止，但很快，青蛙们又欢叫起来。它们唤醒了池子的淤泥，唤醒了荷叶，忽然某一天，就是满池的荷叶了，多得洋洋洒洒，多得让你想哭。

公园里的荷池被园丁们修理得弯弯曲曲，别有一番情调;荷池的东北角是一处亭子，亭子里常有吹葫芦丝的人欢迎早晨，乐音荡漾在荷池里，如打在荷叶上叮叮咚咚的雨滴，眼看着从荷叶的这一边传到荷叶的另一边去了。走过此地,我会驻足拍照;晚上的亭子，有情人在亭子里相拥，荷花也羞涩地合上了花瓣。偶尔一两声蝉鸣，更叫出这荷池的落寞。有时我想，没有池边的怪石嶙峋，没有杂草丛生，没有高楼林立，这一池荷花的幽静怎么会显现出来？！倘若那个小亭子早晨无人吹乐，晚上无人蕴情，这个荷塘该是何等的平淡？

　　早晨走过公园，我会围绕着荷塘缓慢地游逛，池子边的草疯长，高过了荷叶，蹲下来，透过草的缝隙拍那些荷叶、荷花和莲蓬，画面就满溢着植物们的竞争美。池子南边的睡莲，是荷中的贵族抑或叛徒，它们懒散地躺在水面上，花朵四散开来，蔑视着池边的青草，也蔑视着高大的荷叶，它是荷的另类。一池之内，两荷的精神气质迥然有别，我更多时间拍那些亭亭玉立的荷花，而对睡莲，最多只看它们两眼。

　　荷叶们簇拥着无数荷花的时日不过几天，随后的就是耸立在荷池中间的莲蓬，错过了盛期的荷花们，偶尔的三四朵，更看出这些荷花的清爽。

　　入秋了，空气中有了凉意，一早一晚的荷塘也渐渐地凉了。

　　我知道，不久秋天就要来了，然后是秋霜，那时满池子的荷叶如画家们随便甩射出的墨点，紧接着冬天就要到了。

　　那时，我也会从荷塘边走过。这个池塘的轮廓只有这时是靠眼来感觉的了。因为蛙鸣已经没有了，青草也没有了，风吹亭子的声音很凄厉，好像这里根本没有出现过一池绿色。

　　这时，在暗夜里，我会在荷塘边，静思默想，来年的荷塘，荷花一定更美！

（2016 年 8 月 11 日于北京）

酒

今晨起来，混沌状态，头脑昏昏沉沉，梦中未醒的感觉，昨夜又喝多了。

酒是害人的工具，多少次拥有这样的清晨，简直就是受罪。睡眼朦胧中，昨夜依稀是灯红酒绿，恍惚着，人就有了负罪感。如不喝酒多好？

不玩手机，不喝酒，能不能做到？当然能，我大半生不抽烟，自觉不抽，也没有人硬让我抽；但酒却一直没断了喝，有时喝得昏天黑地，第二天醒了，后悔；遇到酒场，还会重蹈覆辙。这大概是不少喝酒人的生活轨迹。

喝酒时的高亢，看出北方人的侠肝义胆；醒酒时的后悔，感觉出读书人的理性。其实喝酒与不喝酒，人的精神状态断然不同。环境改变人，人却很少想着去改变环境。更多时候，人都是被自己灌醉了，被道德绑架了，被一时的热血冲昏了头脑。醒来想想，酒啊酒，这大半辈子，害了我多少回啊！

不过，事物总有另一面。我给我的学生讲课时提到，酒场是最好的观察场所，这里是真实人性的展现平台，在酒场上，你能看到真实的男女。摘除了面具，少做作，可以尽情倾诉委屈。

因为去掉了伪装，酒友完成了服饰转换或者语言转换。在推杯换盏之中，他或她的真实天性一览无余地展示出来。酒桌上的语言，嬉笑怒骂总有情，醉话里面有学问。所以，喝酒是繁忙生活的补充，也是紧张身体的释放。从这个意义上说，喝酒也不算坏事。更何况有酒鬼理论：酒是粮食精，越活越年轻。中医还说，少量饮酒可以活血。如我这般年纪，血越来越不鲜活了，酒可以让这些沉闷的血活跃起来。有时在矛盾的心理中前进，到了酒场就感觉酒好，第二天醒来才觉酒坏。循环往复，醉上加醉，最后自己也说服不了自己了。可能大多数酒友和赌徒一样，见了酒舌头就软，我敢说，酒鬼们当叛徒的多，借酒攻心，酒鬼们会俯首帖耳，一律招供，留下一酒当开万夫口的故事。

异地的文朋诗友知道我善喝酒，就有各地美酒寄来，穷酸文人也只好拿点薄书回赠；没有更多利益依附的朋友，酒就他们互相交往的媒介。有老乡隔三岔五地喊我喝羊肉汤、吃山东煎饼，实在是走不出去故乡的拦挡，不过，酒桌上的乡音胜过菜香，这样的喝酒更像回了一次故乡。有徒弟不远万里来京看我，带来的多是当地美酒，什么马奶子酒、青稞子酒之类，名儿就让人喜欢，喝一口酒，听一句徒弟的话，眼儿不一会儿就红了。

茅台镇上的黄河老弟专门做酒，家里藏了 80 万斤酒，他邮寄给我的酒感觉比国酒还好喝，可能有兄弟们的情谊在里面，更重要的是人家这酒是珍藏。茅台镇我没去过，但听说那里的酒酿造得都不差，水好！我到过贵州铜仁，那里的水美、鱼鲜、水田秀丽。我喜欢那方水土，那里的酒乃上乘就是自然的了。有个兄弟提倡我喝茶，说人到中年，喝茶总要胜过喝酒，不过，他给我的烧酒早让我喝光了，茶叶仍在那里始终没动，当时，他说这茶叶是原生态的，没打药，我则笑笑；南方诗人林耀琼先生邮寄的茶叶，我都送了人，我大体过的是酒意人生吧。

早年的喝酒大多为了工作，来京城的喝酒十之八九为了闲聊。吃自己的饭，喝自己的酒，一盘花生米不嫌少，一桌下酒菜不嫌多，随意，真实，充盈着亲情。用不着在推杯换盏中阿谀逢迎，说些体己话，抛些怨恨气，中年人的酒，推让之中有春秋。有个技术科长，老乡，很少喝酒，却喜欢集酒瓶，家中稀奇古怪的酒瓶不少。我则倾向于酒瓶里面的内容，但历史往往记忆的是酒瓶，没有几个人知道那酒的味道，我非品酒师，但知其中味。科长老乡去了天国，他那些酒瓶不知道随葬了没有，对一个不会喝酒的人而言，要那些酒瓶做什么？我一直想不通。

（2016 年 8 月 12 日星期五于北京）

蝉

沂蒙故乡里的蝉出名,夏天在马路上叫,在家园里叫,在校园里叫,在山上叫,在河边上叫,那声嘶力竭的样子啊,有时让你烦躁,有时让你好笑。孩子们会弄个树杈,缠了蜘蛛网,去粘知了。平心静气,静静地靠近金蝉,蝉儿收拢了翅膀,它的叫声停息了,挣扎着要跑,然后就被黏住了。用细线捆绑起来,拉着蝉儿飞,很少能听到被捕捉的蝉儿的嘶鸣。蝉儿扑闪翅膀的声音,没有在树上那么好听了。有一种"钻天猴"知了,个子小,灵活,一般难以捕捉到。还没等你靠近,它就尖叫一声跑开了,这时"钻天猴"还会撒尿,洒在小伙伴的脸上,有时只好闭上大笑的嘴。逃跑是追求自由的方式,肉一点的知了没有这福分。

其实蝉儿这东西,在地底下就被人们觊觎了,它们吸取养料,在黑暗里静默了很多个日夜,在它们即将获得光明的前夕,就被人在雨后坍塌的小洞里生擒了,它们的样子憨态可掬,翅膀还没有变化出来,就成了盘中的美味。炸金蝉被酒客们当做上乘的佳肴,这种饮食在北方大概沿袭了几千年。人是万物之灵长,处在食物链的顶端,似乎是什么都可以吃的,没有更多的生物去指责他们，因为动物和植物们不会说话。即使会说话，人类也未必听。在食不果腹的年代，人们甚至易子而食，吃点金蝉之类的虫子自然也就不在话下。所以，一年又一年，人们从地里挖掘出一盘盘金蝉，昼烹夜炸，空气中流动着人们快乐地品尝佳肴的声音。沿着这个逻辑，蚂蚱可以吃，稻虱子可以吃，其他说不上名字的虫儿都可以吃。人们习惯了自以为是，习惯了享受自然界的一切。

　　高中数学老师翟纪法从故乡来京，专门为我捎来了金蝉，在越来越远离乡土的城市，看着这些金蝉囚禁在瓶子里，我感慨万千，它们一年又一年，为了满足人类的食欲，在没有完成飞翔之前就与这个世界告别了。我看着它们，想到了很多很多，金蝉的一个夏天，给这个世界带来多少声音，假如这些声音可以收集、翻译，那该是生命最完美的绝唱。蝉儿们自由吟唱在树荫里、小河边、高山上抑或庭院里，它们与村庄里的人们和平共处，在喧嚣着一个夏天的经历；在暮秋来临之际，它们暗哑了声音，宣告着自己的使命的完成和秋天的成熟。它们自然地产下种子，让这些种子在地底下蒙受黑暗长久的孕育；在蝉鸣四野的时刻，让人类感受到自然的轮廓，大地的丰厚，村庄的存在。金蝉展翅中宣示着自由，金蝉鸣叫时给人季节的清晰感。有时我把金蝉看作城乡分野的象征，城市里难得的蝉鸣早已被汽车的马达声遮掩，乡村成了金蝉惬意的家园。我真怕某一天，金蝉永远消失在乡村里，让乡村与城市一样只有机械的轰鸣，人们面面相觑，只有在回忆蝉鸣里度过夏天。

金蝉端上桌子的时候，我被这一碗金黄所惊叹。也许是它们在由深坑挖出的瞬间，它们和土地一样的颜色被冠以此名；或许是它们被油炸后的颜色泛着金子一样的黄色，被称作金蝉。永远以吃为乐的人们，早晚会吃掉这个世界。这一大盘金蝉，假如它们还活在故乡，它们会让一大片树林喧闹起来，会让山峰更高，庭院更幽。它们给自然带来了生机，也会让自己的生命自由咏唱了一生。或许，它们的歌喉在表达着它们的喜怒哀乐，不能因为我们人类听不懂异类的声音，就只把它们弱化到食物的境地。

从远古进化到今天的人类仍然没有更改掉兽性的品质，人类的兽性毁灭的不仅仅是一个种群，最终毁灭的可能是我们自己。在城市里，听不到蝉鸣的地方在逐渐扩张，像蝉一样的动植物们不少已经逐渐悲哀地离开了这个世界。当人类成为世界唯一的主宰，我相信那一天就是人类的末日。

我没有剥夺这一盘子金蝉的生命，但人间的往来让它们永远失去了飞翔的可能。看着它们无语地躺在盘子里，我真想让它们长出翅膀，飞翔起来，在万千高低错落的树们中间闪转腾挪、自由飞翔，让它们的叫声唤醒村庄沉睡的人们，开启一天有滋有味的生活。

然而，金蝉们此刻就在盘子里，它们连眼泪也流不出一滴，它们只有听之任之，等待人们大嘴的咀嚼。

我的后背突然冷出一身汗，为蝉，为自己。

（2016 年 8 月 13 日于北京）

赏

赏是一门学问。赏景赏人赏自然都含有各自的功夫。会赏的人拍案叫绝,不会赏的人错过良辰美景。所以,赏眼独具,方能横立于世。

有人说我故弄玄虚,你要细心观察,我说当为不虚。同样一个荷塘,画家赏出破败,作家赏出生机,平民赏的是一年的收获,目的、眼界不同,所欣赏的角度就不一样,得到的收获也就不一样。带着情感感伤自然,就会"感时花溅泪,恨别鸟惊心","一切景物皆为我所有"。赏自然也是品经历。一个人经受的多了,对自然的感悟就多。看到一朵盛开的花,有的人想到了美好,有的人却想到了凋零。难以让人去逐一鉴赏自然界万物的区别,所以别人对景物的描述,大多不可太相信,物理的景物给人的总是千差万别的感觉。

赏人更是一门学问。"知人知面不知心"说的是人心难测;"日久见人心"讲的是摸透人心需要时间,其实这只是对不善参透人性的人而讲的。对善于鉴赏人的人而言,他的目光如炬,一个细节可以看出那人的内心,一句短语足以赏出那人的品行,一张脸面足以赏出那人的过往。这种穿透力的培养,需要天长日久的磨砺，需要洞幽烛微的仔细，更需要跨越情感的理性。人的秉性源于他的理念，理念不好的人即使霸占高位多年，也徒有人形耳。肤浅的人看表象，常常跟着人家后面走，是墙头草，人云亦云；理性的人会对比分析，看出人与人之间的联系，会了解社会，由此及彼地找出人与人的区别；深邃的人则会分析自己的去向，看到别人的终点，因为他从对方的轨迹里已经看到了他发展的轨迹。赏人最难，即使有理性自觉的人也常犯赏人之错，所以不少经国之大业就毁于察人之不敏。至于求师不利失于教，求爱受损失于色，求友不达失

于利的例子更是不胜枚举，误赏、别赏、背赏是我们每个人常犯的错误，身居高位如果犯这种错误，则给事业的损害尤其之大。

　　一个人不能不在这个世界上培养鉴赏能力。赏人直达人性，赏物求其灵性，赏社会见其联系，方为上攻。赏人既要怀揣恋爱之意，更要有防人之石，漂亮容颜下常有虎狼之心；赏物则要有生灵之美念，看其勃然生机与这个世界的联系，赏中才有乐趣；赏社会不仅是"人情练达皆文章"，更是"留心处处皆学问"。赏以前所未赏，赏旧赏之新觉，都是赏的学问。把这种欣赏看作赏的技巧与能力，的确会让赏成为一种境界。自娱之赏与共鸣之赏同在，互赏比互粉更重要。以此通达之心，赏书则遨游千里，赏画则神飞天外，岂不快哉！

　　我喜欢赏吴冠中的画，那是一个智者参透了世间万理禅机而所勾勒的万千图景。赏其画如读自然，如赏其心，如赏社会，如赏人间百态。赏其一屋一船一桥，赏其一树一湖一草，赏中有玄机，赏中藏大美。简洁塑造深奥，使深奥更为深奥，在悦目之赏中你会对这位瘦弱的老人的那份风骨由衷赞赏，他的超然物外早已超出了我的赏界，才让我停留在他的画前久久不肯离去。

（2016 年 8 月 14 日于光大花园）

雨

轻弹大地有禅机
汇流入河见蛮力
融土启开万物新
梳洗妆成一树绿

裹挟尘埃不弃小
狂野之风身不惧
柔中藏刚真本色
一点一滴说情谊

这是今晨，我一个人行走在公园里，没有打伞而写给雨儿的诗作。

城市的雨幻化了形式，顷刻间就变成了河流，这是混凝土的罪恶或者功劳。连绵不断的细雨无缝可钻，只好在地上涌动成水流，它们向着低洼之处，向着河渠，向着一切可以融入大地的可能性，浩浩汤汤，构成一支强大的队伍。雨过天晴之后，万物伸出了新枝。在雨中，我们只有感谢大自然的馈赠。城里的水灾本是人作孽的后果，是人类割裂了雨和大地的爱情，也是人类忽略了雨水自由的天性而造成的。人类忽略了雨儿，就让雨儿成了洪水猛兽。这个世界，我们不要扼杀万物的天性，顺着雨儿的性儿，雨儿就是天使；背着雨儿的劲儿，雨儿就是恶魔。

姜是我幼时的伙伴，人极其聪明，我还很懵懂的时候，去田野里薅草，西边的太阳镶着金边的时候，我们俩在皱起的叶浪里奔跑。突然，他就变了脸色：雨魔来了，雨魔来了。小我两岁的姜急忙背起草筐，像兔子一样转眼在庄稼地里消失，在奔向村庄的小路上，他渐渐地变成了一个黑点，我大多时候在耻笑他的惊恐，望着夕阳西下的样子做沉醉状，然而好景不长，风儿伴着黑云，泰山压顶一般，密密麻麻而来，如一个巨大的恶魔，把田野压成一块硕大而扁平的饼，庄稼地里的一切，瑟缩了身子，恐惧万分的样子，我们的哭声都被吓回去了。倾盆大雨漫天而下，浇坏了伙伴们的身体。当红光满面的姜在床头安慰发烧中的我们时，我对姜的神奇功能充满了惊异。这个灵光的少年伙伴，是什么功能让他有了先觉先知，每当他再说雨魔来了的时候，我们就跟在他身后拼命地奔跑，无论天空闪烁着阳光，还是蝈蝈在田野里豪放地歌唱。我们好像躲避世界末日的到来一样，等我们前脚进家，雨儿就从四处涌来，噼里啪啦，有时裹挟着冰雹，砸在院子里的转磨上，砸在露天的锅盖上，也砸在鸡棚里。未曾归窝的鸡们一个个东摇西晃，趔趄着身子，让我们看到"落汤鸡"的惨象。这个后我而生的兄弟早已先我而去了，每当想起他，我就想起他对"雨魔"的感知，这真是一个奇异的世界，为什么他和我长着一样的器官，而他能感受到那么遥远的力量？

故乡的童年总是被暴雨冲刷，有一年暴雨，哥哥逮了好多

大鱼，卖了好几天，让我对平时只产小鱼的河流充满了好奇；在雷雨交加的时刻，有时恰好站在山顶上，你看到不远处的一棵树被闪电击中，你的神经会为生命的脆弱而心生恐惧；雨儿泡透了田野，泡胖了河流，泡掉山崖上的装饰物，它一路无所畏惧，无数雨滴相互挽住手臂，形成无坚不摧的力量。河水变了颜色，大树歪扭了身躯迎接，土儿也一改强硬的品质俯首称臣，雨儿是以柔克刚的工匠，在大地上来回奔跑，在河流中穿梭奔波，所过之处，万物变形，它在夏天里成为天地的主宰。童年的雨儿啊，带着神的力量光顾大地，让我的心一次比一次更柔软起来。

城市里的雨有别于乡村，城里的雨更多像诗歌，像政治，像市场，或者像大学课堂里悠长的讲演。没有了大地做参照物，城里的雨有时成为家暴者，成为淫秽的教授，或者是一位摆脱了阳光的阴沉者，在无数个阴雨连绵的日子，我是楼房的囚禁者，与雨儿们隔窗相望。窗外，那个喊"雨魔来了！"的兄弟时隐时现，我在干爽的屋子里，看雨舔着窗玻璃，如一只乞食的猫儿般乖巧，一个夏天，很快就这么滑过去了。

京城七年，自然的风雨只从两次受灾报道中感受过了，远没有我那位少年兄弟的一声"雨魔来了"印象深刻。住在城市里久了，已经习惯了房屋的保护，雨魔失去了淫威，不知是我失去了童时的敬畏，还是天地变了，看着窗外的雨文静如君，无声地思索一个下午，不得答案。

最喜欢在无人惊扰的雨天，沐一身雨水，行走在城市里。北京的雨水很脏，绝无故乡雨儿的狂暴，而从雨里终会找到故乡的味道，想一想姜兄弟的容颜，也让我在这个城市里生活得更踏实一些罢了。

（2016 年 8 月 15 日写于北京光大花园）

时光如水

闲来整理书籍，发现 2006 年的《中华散文》，上面有我的文章《我的太阳》，扉页上的总编和编辑们，退休的退休，故去的故去，现在仍在人民文学出版社工作的，为数不多了；头题作家陈忠实先生也走了，虽有几位作家依然活跃在文坛上，更多的则离开了文坛。十年的时间，我从山东走向北京，感觉一切变化太大。回头去看，有哪些文友改弦易辙了？又有哪些作家值得我们回忆？

时光如水，淘洗着沙砾，金子或许会流下来；似乎每个人都想成为自由的鱼儿，但岁月却让他随波逐流。做人难，要满足衣食所需，要经历生活之难，要感受情感之变，要抵抗病痛之

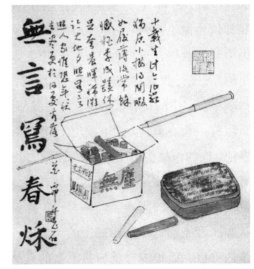

苦。每个人既是生理的，又是心理的。在无人的夜晚，水在月光下自由地流淌，我们就如游荡在水面上的一片树叶，随水漂流，有时来不及去左思右想。

被困顿和疾病折磨的一位诗人朋友，已经去世多年。他的文字我一直不赞赏，但他对文学执着的信仰让我赞赏。挂着一个诗人的名头受到许多局外人的追捧，他有限的诗章和文字，没有给我更多的艺术享受。他给我的印象是跌落与挣扎，是伤痕与傻笑，是捧读与磕巴，是暧昧与可怜。我时常想起这位诗人，他没有一句诗歌是让我反复诵读的，但他对自己文学的那份自信让我欣赏，他对巨著的热爱令我敬仰，他对文友的热情与真诚令我动容。他对许多女青年那份暧昧的表达，有时会让我感到文人的悲哀。更多的时候，我会一个人去看他，他就像一面镜子，有时照正了我，有时照偏了我。有时我和他在一起，在他的那个充满腥臊味的房间里，整个下午默然相对，无语而温暖。尖锐的地方被他妈妈装上了防撞的棉带，那上面依然涂满了他的血。作家行走在人世间，保持着躯体的完整，更多的作家们如这位诗人一样，已经被碰得遍体鳞伤。诗人无法像正常人去笑，我却依然像正常人一样笑着，然后他就永远地去了。他的面颊因为缺乏营养，皮松骨立，如一位老人雕刻风烛残年。送他入土的那一刻，我忽然想起他的一首小诗，那是他写给一个女人的，如飘浮在空中的花香，情诗，涤荡我那一刻的心酸。

有一位在海边写作的作家，著作等身，小城是他的灵魂栖息地。他的作品我很少仔细解读，我失去了对他文字的感知能力。有关他文字的评论以及他的趣闻轶事，时常会看到或听到，我也失去了响应的兴趣。当你对一位作家过于熟悉，你的阅读和认知，可能永远停留在最初的印象上。更多时，我只会追求鸡蛋的可口，而很少寻觅那只下蛋的母鸡。所以遇到名作家不会睁大了眼睛，反而有灯灭了的感觉。

还有一位作家，早年是小说高手，当时他的大作上了许多大报大刊，突然有一天，他金盆洗手了，成了一个小城和行业的文化符号，犹如一位享有盛名的梁上君子，即使不偷人家也会捂紧了口袋。作家留下了很多与写作相关的习惯，譬如读书，他可以一整天躲在阳台上，与心爱的书籍共享阳光、花草；也可以和其他作家如多事妇一样煲电话粥，讲一些文坛的风流韵

事；更多的时候，他会泡在股市里，享受股价上涨快意；在人头攒动的菜市场上，说些带有作家水准的话提高世俗的品位。写作这个习惯，确实会改变很多人的生活状态。

而更多的写作者如走失的一只鸟，永远记不得了，他们顷刻间如水蒸气一样蒸发，很难回忆起来，犹如记不得一块顺流而下的木头，永远地溜走了。

时光依然如水，淘洗记忆，漂流过往，沉淀金子。

一切在走，不会停止。作家是记忆动态的动物，我想，在这个世上，他们算幸运儿。

（2016 年 8 月 17 日于北京）

现代人的桃花源

那个多事的武陵人，一生捕鱼也就罢了，为什么迷路远行？更可恨他还被路边的桃花林所诱惑，竟然发现了"芳草鲜美、落英缤纷"。好奇碾死鬼啊，千不该、万不该，这个捕鱼者还舍了小船，去看那桃花林，这一看不打紧，看到了"山有小口，仿佛若有光"又急急地"从口入"，再开俗眼"土地平旷、屋舍俨然。有良田美池桑竹之属，阡陌交通，鸡犬相闻。"其中"男女衣着，悉如外人。黄发垂髫，并怡然自乐！""咸来问讯"的人们叙述了躲避战乱而来的缘由，"皆出酒食"给捕鱼者享用，但桃花源里的人们又怕捕鱼者引来外人，只好如富人谝穷一样说句"不足为外人道也"，捕鱼者回来告诉太守自己的发现，太守也很重视，想开辟旅游圣地用来招商，却寻而不得；有高雅之士，闻之，想完成此大业，也未果。从此，桃花源成了成千上万知识分子的心病，他们昼思夜想，心想总有一天会找到的。据说，北京城里的一位诗人，约好了几位勘测大师，带着定位仪等现代设备，已经寻觅了大半个中国。

那个洞被桃花源人堵上了吗？他们为什么堵上这个洞？桃花源人不想被别人打扰了他们的生活。他们已经习惯了这样自由自在的生活。靠自然的美景熏陶自己，靠日常的劳动供养自己，靠一代代的繁衍延续自己。他们像自然界的一棵草，只求平静地生长；他们像大树上的一只鸟，渴望与其他鸟儿平和地相处，自然地死亡。他们自然会锁住通向外界的路，虽然他们对外界也有好奇，但和平静、安逸的生活相比，他们只好忍痛割爱。祖先们传递下来的凶杀故事，让他们心有余悸，他们渴望自己能永远过和平时代的生活。他们不想被奴役，也不想奴役别人，他们只想过天人合一的生活，只想从尘土中来，最终归于尘土。他们只想化作自然的一部分，成为一块石，一滴水，一粒尘，自然而来，自然而去，生老病死的人生，没有更多的惊恐。他们所要躲避的，不是老虎、猛兽，也不是自然灾害，他们在躲避另一种人类。那些以统治他人为快乐的人，以践踏别人为幸福的人啊，是桃花源人躲避的对象。桃花源人心中所向往的正是自由、幸福、无人掠夺的生活。

　　那个捕鱼者是不是做梦，这是他梦中的一个故事吗？其实捕鱼者每日打鱼为生，他甚至舍不得吃掉一条大鱼，他看到人世间充满了大鱼吃小鱼的故事，他风里来雨里去，靠打鱼为一家人换来温饱；他也想找一个平静的下

午，挈妻携子去京城里欣赏那些象征着繁荣昌盛的红灯笼，然而苛捐杂税多如牛毛，他只好一直劳作在船上。这次出游，对

他只不过是一个梦中的幻境，还有许多梦中的情形境他隐瞒了，他还娶了美女，那美女可能被一个经纪人拐跑；还可能当了大官，却差一点被纪委查到。终归善良的捕鱼人在向行政长官汇报之后见无油水可捞，也就只好再去打鱼。可惜，梦中的山口永远不会在现实中打开，捕鱼人知道现实就是现实。打来的大鱼虽然没被盘剥走，最终还有小鱼可吃，捕鱼者的生活还不至于没有着落。

陶渊明假如生在今天，他或许是猎奇的小说家或是绝妙的电视剧制作者。假如他今天拿着手机，他还有没有这份闲情逸致去创造一个桃花源吗？陶渊明会耐得住文人的寂寞吗？有那么多文化公司聘请他出山，他怎么领导现代人寻找新的精神领地呢？

生活需要慢下来吗？当你在城市里每天陀螺一样飞速旋转，你是不是有决心停下来？像一位僧人一样在深山里过禅意生活；你想不想长期在山里，面对一方水田，过山民一样的生活。当一切都慢下来，你会怀想每天被现代化设备簇拥着的生活吗？

我们是为了躲避而生存吗？每个时代的躲避能给我们带来什么？陶渊明的生活是躲避还是向往？他一生感受过真正的田园生活了吗？我们是否了解他的内心？

强权会让我们失去什么？战乱又会让我们失去什么？我们又在寻找什么？面对一个若隐若现的桃花源，作为一个作家，你相信这份景致吗？在内心的深处，现代人的桃花源该是什么样子？

我不知道，我不知道您知道不知道？

（2016 年 8 月 18 日写于火车上）

夜火车

已经十五年没有这样一个人乘坐火车了。

远处的灯，明灭着，显示着大地上的村庄。

火车是夜游者，不知疲劳的夜游者。看不清庄稼的样子，也看不到楼房，一切在黑暗中。

听不到蝉鸣，蛙叫的荷塘也看不见了。

列车员拉了车窗帘子，预告十点关灯。在上铺，我的身躯被狭隘的空间逼仄成一只缩身的老鼠，我想起穴居的人类。

我没有停下思维的触角，满车里的人大都上了卧铺。有几位面面相觑。灯光很快就要灭了。

有点棚户区的感觉，四处摆放的行李，不时传来香港脚的味道，弥漫在空中的还有方便面的味道，女人的呵斥，男童的撒娇，一如二十年前的样子，火车还没有晃完我一生，我就老了，我老了吗？感觉一切就像昨天。那时，我拿着一个笔记本记着，一切都是新鲜的。相对于工程队的土木，万物代表着文明。需要紧张中的栖息，但我们一直在紧张着。

默然中前行的夜火车，我知道它将要把我拉向哪里。未来的工地依然与土有关。工程离不了土木，只不过今天的工程离

土木越来越远了。

夜行火车上，那时我们还能听到窗外的风声，再早一些，我们还能听到蛙鸣，村庄里的狗叫；偶尔的醉汉的怒吼，刚旋进车窗，很快就飘走了，如今的车窗把这一切都赶走了。

赶走的还有烟民的自由。那时缭绕的烟雾可以遮蔽一段不伦的恋情，或者臭袜子的味道，而现在，烟民只好在车厢交界处咂巴着眼睛。

自由吸烟的人越来越少了，犹如我们的自由也越来越少了。我们只好选择空调，你想呼吸自然的风，已经成为奢望。原始的我们不曾珍惜自然的风，而现在我们无法享受自然了。我们的受伤是因为远离了自然，还是现代化唤醒了我们内心深处的天真。

三十年前的那位老编辑眼神没有变，他依然希望我书写夜行的火车。

我在火车上敲击着平板电脑，找不到钢笔滑在纸面上的声音，那一刻，她突然出现在我的视野里，是平板里的幻影。整个夏天，我们氤氲着一段故事。而现在，故事已经发生了转折，逆向走过一道山崖，再走过一道山崖，故事就成了车辙的印迹，有人在想象一个新奇的故事。多少年生活在现实里，而现在，我们靠想象生存。

想象是人类的独有，猴子可以按照人的要求翻转开牙齿，显示它的笑，只有人类感觉到它在笑，其实它心里在哭。

科技减轻了车轮对撞击铁轨的声音，也许有一天，乘坐无声的火车，你会忽略夜的存在。火车上提供的设备让你感受到白昼，也感受到家中设施的安逸。

灯熄了，只有车轮撞击铁轨的声音。二十年前的噪声不见了，这是岁月的大度，还是岁月的刻薄？

感觉不到夏夜无灯的静谧，夜行的火车以钢铁的撞击声提醒你，它在走着，沿着那条天天跑惯的路，它不知疲倦地跑着，跑成了一个孤独者。

城市里的强光，在夜里，也会虚幻成探照灯的执着，穿过窗帘，扫着卧铺上的人们，或脚，或脸。看不清他们忧郁的面容，看不清他们受累的脚。整个车厢走廊里，我可以一眼从这头望到那头，想起一个奇怪的省份，那里盛产骗子和牛皮匠，也盛产一代又一代的统治者，就如这夜的车厢，每天诞生着拥挤与空旷。

那时的车晃动得厉害，夜行时偶尔看到烟民在暗夜里的火光，没有人去指责他们，烟民多于不抽烟的人，正如在夏天，光膀子的乘客远远超过不光膀子的人。那时，我在夜行车上很难安眠，因为兴奋，因为可以静静地感受列车的摇晃，运动起来的风。

或许，那时的爱情也会激活你的每一个器官，联动着大脑，在暗夜里，万物睡了，它们依然醒着。

火车抵达一个城市，车速缓慢起来，犹如一曲舞罢，舞伴们相互引诱着去一边休息。听不到下车的喧闹声，那时的夜行车是热闹的。车里车外的人憋足了劲儿说，好像那些话在心里闷了许多年。

是二十五年前吧，我眼睁睁地看着夜一点点吞没火车，又一点点地离开火车。像田野里剥开了的玉米，风吹着树叶，哗啦啦地响，有时会传来玉米地里的爱情，蝈蝈或人，夏夜里的萤火虫，羊肉汤的香味驱赶我的味蕾飞出夜行车外，夜行车无情地快跑，丢掉了一个村庄，又丢掉另一个村庄。阳光升起的时候，金黄的银杏叶，漫天摇曳，把绿皮车厢摇曳成一幅油画。

十年前的夜行车好像一直行走在冬天里。我在铁道线上奔跑，一个城市又一个城市，像铁路这条瓜秧上的瓜，它们有着不同的形状，也有着不同的味道，就像各个城市里的水。我品尝着不同类型瓜儿的味道，我离我自己却越来越远了。

两车相会，我像被人推了一把，车像受了委屈，突然加速。在区间，在一个人四处无着之时，昂奋自己是最好的适应方式。

在越过很多个冬天之后，我也没有在夜行车上感受到春天。

又是相向而行的火车会车的时刻，火车有些摇晃，我也在车上摇晃。

夏秋之交的窗外此刻正热，而火车内却始终是清凉的。

卧铺上传来鼾声，它们的鼾声让我想起了虫子的声音。蛐蛐、蝈蝈、蜜蜂，车厢内有蚊子在自由飞翔，这些喜欢暗夜里生存的家伙，把自己自由成夜行车上的精灵。乘客们忽略了它们的存在，天会在某一天突然地变冷，就如我，竟不知哪一天就突然变老了。我在阳光下对着荷塘里的水镜，突然看到了些许白发，和一根不同，和几根不同，这是一绺儿一绺儿的白发，那一刻——突然像在秋天里发现了秋天。而很多人遗失在秋天里了。

夜行车突然野性起来，在摇晃中，那些鼾声是催眠的妙药，我有些恍惚。在无车的寂静中，我需要早早地入睡，我不想让更多的黑发就这样轻易变成白发，我不惧怕衰老，只是不想那么快地衰老。夜晚吃得寡而无味，但就是这寡而无味资助了我的眼睛。我需要在一个没有意义的地方过出意义来。

夜行车缓慢起来，困神袭扰，不知我这一觉能否在安睡中醒来？

无语的夜行车，不回答我，它依然默行在大地上，暗而深厚的夜里，只有车轮撞击钢轨的声音，明确而有力，能让你觉察出它的执拗与顽强。

（2016 年 7 月 17 日写于夜行火车上）

早晨的火车

这时的庄稼最美，晨光中，在庄稼们的上空，好像有一片雾，庄稼们整整齐齐，它们在田野里成长。有的迷蒙着，有的醒来了。从近处到远方，都是这拥挤如潮的绿。有时庄稼地里猛然窜出几株树，树们高出庄稼们一大截，是不语的将军，又像天然的奴隶主。庄稼们此刻幻化成出征的战士或者俯首听命的奴隶。

飞掠而过的还有废弃的窑洞，不规则的村庄，塔吊下逐渐伸向高空的楼房，连片的杨树林，错落的厂房，一个硕大的铁路货场。迎面而来的红皮火车，如果在车外，看我所乘坐的这列绿皮火车，它们在旷野里相会的那一刻，构成一道红绿相错的别致风景。

北方的房子不少已经演化成平房，间杂还存有上个世纪传留下来的一些瓦房，想象着这个村庄彼时的模样，感受着时代的变迁，房屋的变化显示着人类的愿望和技术的提高。曾有专家提议将古村庄固化下来，这个主意是多么不切实际的可笑啊！在有人居住的农村和城市，欲望永远驱动着人类不断改变自己的居所。纵使村头矗立着一位古村落保护专家，村民也会全然不顾。个体的狡黠无法阻止，人性的贪婪更是无法阻挡，何况那些欲望总是打着向善或者追求美好生活的幌子。人类在欺骗世界的同时，也会欺骗同类和自己。

横亘在辽阔水面的公路大桥映衬着这座铁路大桥，让公路桥的宽阔，如一位爽气的男人，看上去十分壮观；在每条河流的上方，随时都会有现代化的桥涵飞架而过，完美着一个向往崇高的人的视野。曾经流淌在大地肚腹上的河流被一座座桥梁连接，然后勾画成一条条优美的线路，从空中鸟瞰，它们一定如动人的琴弦，显示着人类的智慧。现代化的桥涵在显示其功能的同时，也给百年之后留下了不容易消化的垃圾。人类追求美好的旅程总是与毁灭世界的进程相伴而生。大地在毁坏中驱逐了自然生物和瓜棚的领地，也取消了蛙鸣和瓜农的怡然自得。

在绿色中穿行的惬意让我暂时忘却了旅途的劳顿，属于清晨的阳光挽着绿色的手臂涌进你的眼帘，大地依然演绎着人类行进的万千故事，如快速打开的一本进化论书稿。偶尔有羊群在铁道边觅食，它们已失去了悠然自得的神情，如紧张赶在上班路上的人们，偶尔还会被火车鸣笛声吓缩了身子。你可以注视一条河流，再注视另一条河流。被硬化的道路成为大地上清晰的枝干脉络，倘若在冬天，你会被这枝干而惊叹，现在他们掩映在绿叶之中；人类在方便自己的同时，阻隔了大地的许多气息。我曾坚决反对在一个多水的城市修建地铁，但这座城市后来规划的地铁俨然地铁王国，我不是为我微弱的声音得不到共鸣而伤心，我该为大地而哭泣。我担心千百年后的城市，再无一块可以供人们栖息的土地，城市里混凝土散发的热气，足以毁灭一个城市的未来。今天我们讴歌的美好，可能构成后代眼中的垃圾。人类在用美好埋葬着自己，但幸福中的人类对这些浑然不觉，就如我当年对混凝土的建筑物情有独钟。

还有多少大地可以供人类呼吸？火车在大地上穿行，两边的绿色不时被车站侵吞，被房屋咬噬，被桥涵占领，被四通八达的道路分割，大地被各类建筑物所蹂躏——对，蹂躏，我想起这个词，就想起因为一杯酒的因缘，我对某位领导说，你不要蹂躏我，然后他让我解释蹂躏的含义，我坚信我当时准确地用了这个词。当人们赞美大地上的建筑给我们带来美好的同时，我认为是混凝土蹂躏了大地。你或许认为我的目光十分歹毒，当有一天你在混凝土中无法呼吸，你

会领略到蹂躏这个词的真实含义。很多人以为营造整洁就是营造幸福，脱离泥土就是脱离肮脏，其实，人怎么会离开泥土呢？当万千家庭不知道土为何物之时，一个城市就失去了存在的依托，混凝土身上种不出庄稼。

从遥远的古村走来，奔向现代化的城市，我不知这是奔向文明还是奔向堕落。火车上的早晨，我看着车窗外似曾相识的风景，感觉绿色将要在这个城市大片大片地消失，相向而行的火车，逐渐在扩大着它们未来的领地，沉重的桥墩拥堵着我的内心。只有临近北京站时铁道旁宛若几首小诗的垂杨柳，才多少给我带来一丝欣喜。

活着，下车还要继续一如既往地活着。列车上的早晨，变成一瞬而过的时光，我在皇城，还要继续享受高楼林立中的雾

霾，只不知，在几十年，上百年之后，还能看到无尽的绿色吗？早晨的火车是否还能给我那份清新？

火车到站了，车厢里的人喧嚣起来，转眼汇成巨大的人流，我在人流中把握不了自己的走向。而空气也变得浑浊起来，城市将火车运输来的早晨正式接管了，我随着拥挤的人流，缓慢地迈向出站口……

（2016 年 8 月 22 日写于 Z68 火车上）

一匹狼

　　一匹狼，一匹平静而执拗的狼，我与它对峙着。

　　它生活在山野里，树木是它的伴侣，山川是它的朋友。

它穿过了多少崇山峻岭，打退了多少动物界的敌人？此刻，它就像一个孤独的禅者，双眼柔和，一如温文尔雅的学者。从它的身上，能看出它与周围相处得很好。顺随的毛发说明它已经融入了这片山林，长期的奔跑让它的整个身躯呈流线型，以这种体型营造的汽车可以在现代引擎下跨山越岭。还是感觉出它俯冲过后的惯性存留在体内，它的警觉从竖起的耳朵可以感觉出，无时不在准备着穿越；我与它对峙着，很久很久，它像在看我，又像是佯装不看；它平和眼神下的寒光我还是捕捉到了。在漫山遍野的奔跑之后，它让这一刻的平衡调整着自己。一切是暂时的平静，平静得如它身后的芭蕉宽展，在表面的停顿之后，它似乎马上就要开始新的奔跑了。等待它的动物也在奔跑着，数不清的山峰野涧等着它去跳跃啊，它根本来不及笑，平静之于它，就是最好的笑容，就是短暂的快意。风平息了，汗隐去了，它抖干了身上的污秽，来不及顾虑被石块树枝划破的伤口，计划着下一次的冲锋该腾悬出怎样机智的弧形，它在计算着，

那条长过它身长数倍的深沟，它该怎样快如闪电一跃而过？我看到了它眼光背后的雄心，也看到了它内心深处的野性。芭蕉叶挽留不住它，小鸟吸引不了它，它的目光始终注视着远方。这是执拗的一匹狼，或许它打算要把我吃掉，或许它准备从画面里跃出来，或者它对我们正在使用的手机充满好奇。两百年前的这匹狼，它还执着地活着，带着山民的孤独感，正冲着我，与我对视，让我拥有了一个惊心动魄的下午。

　　一株花，一株平常得不能再平常的画中的花，它的形象不过是三两叶中的绽开，那种简洁中的怒放正如平铺直叙的生活；一只青蛙，一只挺立在荷叶上的青蛙，似乎挣扎着要向水中跳去，如山中古刹生活的老者，挣扎着去小溪边打水；一只说不清名儿的鸟儿，在一个枯枝上孤独地倾听着世间的声音，没有什么可以喧哗的东西，只有这一根枯枝，风也好像放慢了脚步。我驻足在这样的画前，感觉被一位山间老叟导引，他给你指引着一处处深邃的洞穴，数落着一棵树和另一棵树，天地间的孤独都被他聚拢来，构成一个更大的孤独。他绘出的桃花源，农人们没有簇拥在一起，点缀其间的似乎也是数不清的孤独；本该热闹在一起的桃树林，这里一株，那里一株，全然是独立的人一般。我奇怪这些孤独的意象为何构成画家心中最美的意

一匹狼

境？莫非孤独是艺术最好的朋友，在山水之间寻找的孤独，正好契合了人类心中的向往？停留在很多孤独的意象前，我与这位二百年前的画家对话，我希望听到他真实的回答。他是行走在民间的大师，或者说他是游荡在山野间的一匹狼，一匹执拗而孤独的狼。这匹狼撼动了我，在二百年后，一个平静的下午，我在有空调的展览室内，我随着它的视线，阅读彼时的山野，我看到他渐行渐远的背影，裹挟着狼的执拗前行，它孤独的叫声一直冲撞着我的耳膜，直至如消失在山野中的喊山声。

在江西，我与八大山人重逢，这位叫朱耷的画家，与他的对话激活了一只画中的狼，这狼伴随着我的旅程，一路到京。

（2016 年 8 月 20 日写于江西宜丰县城）

禅

　　一处山野，如若只有飞禽走兽，此处的荒凉可想而知；一泓山泉，假如只有鸟儿吮吸，难免缺少人气；一片树林，如果不与人发生关联，人会因土地的干涸而焦躁。十六年前的这片土地，不过是原生态的所在，而今，宏大的庙宇矗立在这里。秋月，崇庆寺的主持通能法师，接我前往江西新余，让我倾听发生在山野的禅故事。

　　我与通能站在大雄宝殿下面，通能的脸色相比两年前已经明显地出现一丝光晕。这座庙宇由无到有，由贫弱到强大，由无人问津到烟火兴盛，通能的头发白了许多。红色的袈裟闪烁着金光，正在拍摄的微电影，在描述着通能与一位盲人的对话，这是无数个求禅问道的平常一刻，通能的头顶闪烁着清幽的光芒。寂静的山林，通能肃穆庄严成一位禅师。他陪伴着这片山林度过了十六年的白天和夜晚。最初到达这片土地之时，通能不过三十岁，他怀着年轻僧人的担当，决心来这里重新开辟一片禅堂。他设计着寺院的明天，在闪烁着月亮和星星的夜里，念想着寺院的辉煌。难以想象在禅院修行的通能，竟能承担起建设两个寺院的重担。一边在江西佛教学会担任秘书长，省内的大小寺院牵拽着他的心，他要奔波在南昌和新余之间，每周十分疲劳；黑又亮的头发不久蒙上了一层白霜。一边还要操心佛殿的建设。出家人本该四大皆空，但他需要妥善处理寺院与政府间的关系，需要灵活料理工程款筹集与进度的关系。难为了这位瘦弱的僧人，他把每天的点滴建设，当作另外一种艰苦的修行。为弘扬佛法，通能先建设起崇庆寺，紧接着又在新余的另一处山野，筹建起另一座庙宇。他领我去了另一处新庙宇观赏，那个庙宇修了不过三分之二，石像还是新的，而木柱的红色却被风雨吹打出一层白膜来，这个历时六年还未建成的庙宇，花费了几千万，裸露着黄土的广场也在记录着通能的艰难。因为缺少接续资金，庙宇暂时停建了。两年前，通能去北京开会，满脸倦容，我理解他当时四处奔波的辛劳，当年玄奘出使西域，为僧人传递下来含辛茹苦、坚韧不拔的求佛精神，在通能身上得到很好的体现。

通能是个孝子，也是一位善于参禅悟道的僧人，我与他的相识，也是偶然中的必然。人大校园的狭小并没有影响我俩小路上目光的高远，相遇只是一瞬间，友谊却如溪水般在心田里流淌着。六年相识，犹如多年故友。这次在崇庆寺，见到通能的母亲，这位吃斋念佛五十多年的老人，头发一丝不乱，见面双手合十，直呼"阿弥陀佛"，

她慈祥的面容好似我的母亲。我与她合影时，她的双手依然合着。通能的母亲一共生了十三个儿女，只成活了五个，通能是最小

的一位。虽说出家无家，通能的父母都喜欢通能，跟这个最小的已经出家的儿子生活。父亲去了天国，母亲每天晚上六点入睡，早晨三点准时醒来，她过着十分规律的生活。八十六岁的老人，居住的小屋窗明几净，禅意静生。拉着老母亲的手，亲切、温暖。

　　通能喜欢喝茶，他到宜丰来接我，短暂的小息，也不忘品茗享受一份静寂；接我到新余，通能没让我到寺院里吃斋饭，而是安排在酒店里亲人般招待了我；去知己茶馆喝茶，旁边的朋友为我俩留影，女老板也信佛，她对通能恭敬有加，我看通能喝茶的那份平淡，多年的修炼已使他形成了不悲不喜的超然。在寺院里，他专门把我引到他的茶室，茶香幽幽，带着寺院的那份幽远，我轻抿一口，茶香扑鼻，润到心扉里，是很少品尝到的那份甘甜。入山门前，见有许多民众围绕着一处山泉打水，连绵不断，据说天天如此排队打水，崇庆寺的风水当是很好。能喝上这里山泉水沏出来的茶水，该是何等的福分。记得有一次在北京吃素斋时，曾与通能戏言，若有一天我也会出来做主持！可惜我六根未净，戏言终归成了戏言。

　　离开通能的那个中午，通能请我去吃农家饭，还特意为我点了三个荤菜。始终持戒如初的通能，处处为别人着想，这是怎样的悲悯啊！饭后，我们行走在乡间小路上，我看通能瘦弱的身躯越走越显出一份精神，走出与天地相容的气息，他背后的串珠散发着氤氲的香气，我慢慢走在他身后，看着他，看他与新余的树影山色融合成一道风景，忘记了他是出家的高僧，感觉他好像我流失多年又回到家乡的兄弟，看着他渐行渐远的背影，我挣扎着在记忆里搜寻，昔日那些高大威猛的形象，在他的影像里，变得越来越模糊起来。

　　禅意，大概也一同消散在四野了罢！

　　　　　　　　（2016年8月21日写于Z68南昌——北京西火车上）

宜丰走笔

在宜丰，几乎每一个村庄都有几棵古树。

作为一名建设者，我曾经很多年，为我所树立起来的建筑而自豪，它们巍然屹立在大江南北，忽然于某一天，我惊恐于这种建设。建设者在推广着混凝土的罪恶。在古镇，砖瓦形成的村庄遭到混凝土的无情侵袭，楼房旁边是宽展的马路，而砖木结构的房子日渐破败起来，包括曾经威严的祠堂也被钢筋混凝土建筑所代替。

只有那些古树，伤心地看着这些变化。

一群来自大城市的人驻足在大樟树下，村子就叫东篱，采菊东篱下，指的大概就是这儿。一位农妇在古树掩映下的小河中洗衣，棒槌敲打衣服的声音，沉闷而古朴。山村的古树讲述着村庄的古老，树根已经烂成空壳，而树依然旺盛，有人打趣道：古树就像当下的父母对待孩子，挖空了心思，佝偻着身体也要硬挺着。其实树就是人类的父母，它们是一个村庄世世代代的靠山啊！祖先们当初移居至此，最先做的事情就是要在村庄周围栽种一些树木。楠木、樟木，枣树，这些树陪伴着村庄走过了几个甚至十几个世纪，树们看着村庄里的人生老病死，看着一个孩子从顽童到银发飘飘，它们伸出怜悯的手臂，不断扩大着自己的阴凉，企图让一代又一代村民过上幸福美满的生活，然而，最终只是这些树们留了下来，它们缓慢地苍老，静悄悄地过着岁月。而死去的人，有的只留下了一块碑，有的会留下了一本著作，更多的人则来于泥土归于泥土。我看着每个村庄里的树，它们像一面来自远古的墙壁，为无数个村庄遮风避雨。北方的苦橡树，所生产的橡子，可以在灾年为灾民充饥；南方的村庄也有这种讲究，祖先们总是富有智慧，他们会提前种植一种苦槠树，苦槠树的果实磨成粉后可以做成凉粉，用来满足灾荒之年的果腹之用，聪明的先民知道这种食物的妙处。我在宜丰的夜合山上，看到很多棵苦槠树，它们俊美挺拔，直冲云天，犹如一位智慧的慈善家，靠自己的果实喂养了一代又一代村民，如喂养了一代又一代知识分子的圣人。现在怕很少有人去吃这种果实了，但这种树得到村民格外的庇护。正如一个好人，在人世间，总会获得更好的报应。

　　树与村庄融为一体，据说，树生水，水也滋养着树，构成完美的生物循环。曾有一段时期，村民发现泉水断流，原来是后山的大批树木遭到砍伐，数年之后，植被恢复，树木再次兴盛起来，村民才又喝上甘甜的泉水。在宜丰，树是村庄的象征，除了少数新村，几

乎每个村都有古树的身影。据说，有种砂手，就是祖先们为了营造村庄的风水，围绕着一个扶手椅的轮廓，建成树的风景长廊。南方人喜欢把古树称为风水林，有树就有风水，树可以为一村人营造清凉，平时用来遮风避雨，战乱时还可以隐匿亲人。漂泊在外的游子，也许家园早被破坏，那棵风吹不倒、雨打不烂的古树，就成为召唤他们回家的旗帜，如北方的大槐树，成为无数人寻根的象征。在宜丰，树就是村庄的灵魂，在这里，面对古树，想着它们经历过那么多变故，依然矗立如山峰，它们的枝叶无怨无悔地护卫着村民，你会为这些古树而动容。宜丰的红黏土适合大树生长，也容易造成滑坡。在夜合山上的塔林前，那些红黏土就有些滑坡的趋势，而一棵几百年的古树，靠它半裸的树根，牢牢地将这一片水土包围住，护卫着修道者的灵魂。这些树根，蜿蜒起伏，磅礴若山岭，又似一条巨龙，在吸取着水分，供应着大树的生长，它们是最虔诚的拱拜者，在塔林面前曲弓着谦卑的身体，静享大山沉默的岁月。

从大树下出走，是村人幸福的通道。绿野平畴是舒展在群山之中的画面，它们与山相呼应，与树相唱和。那些绿色的水稻，黄色的水稻，散发着稻花的香味；田野边的水塘是众多小溪水的杰作。这是典型的山水之乡，我追随着一只蝴蝶的脚步，它从这边的田野，飞到了另一边的田野。山中的瀑布羞坏了最优秀的画家，它们洋洋洒洒、无牵无挂，遇石亲石，见到枯木也去温和地围绕。水珠摔在石头上，飞溅到树叶上，空气里流动着活跃的因子，我在参天大树下，享受着似乎专门为我准备的一帧画面，不忍离开。宜丰的山水如此的绝美，它们不为迎合人类而生，却让人类受益无穷。

在宜丰，我从一个古村到另一个古村，从一棵古树到另一棵古树，从一处山水到另一处山水。这就是我要寻找的原生态啊！在这里徜徉，我的心打开了，目光也变得温和起来。心舒展了，一切也就放下了。无怪乎陶渊明在这里留下了无数山水文章，我相信每一个舞文弄墨的人都会被这一方田园所感动。

宜丰的古朴，自然在古树、古屋下呈现，现代建筑材料的规整也映衬着古老房屋的风光无限。在天人合一的古建筑前，我不时为它们的破败而忧伤，频繁地将它们摄入我的手机，在古代与现代交织，昨天与今天对话，先人与后人对垒的气氛中，在这块土地上，你会有种种道不明缘由说不清感慨的冲动。这是刚刚被现代人翻开的书页，我想继续打开它，又怕打扰它；离开它的瞬间，我真想喊一声：我爱你！陶渊明所描绘的桃花源，一定真实存在过，在宜丰，桃花源里的盛景不时呈现，若有似无。正如古村落里两边的排水道，那水若隐若现，昼夜流淌。在很多古屋里，我最喜欢拍摄的是那些木柱子，木柱子与底座之间，有一块橡木或其他软石做成的承座，遇到地震，这些承座能保持这些老屋不倒，它们的弹性极好。宜丰，恰如城市与田园之间的承座，看到宜丰，你会感觉到优美的原生态的田园景色，恰如这些承座，让烦躁、虚妄的现代人有个缓冲的机会，虽受百般挫折而不倒。在古村落里，几乎家家都有天井，这些天井承接着天空，没赶上下雨，可以从天井下方的承接槽的青苔上，感受一家人，在雨天，同听雨声的惬意，在雨声里安眠。我想起在铁路工程队的日子，不用出工，可以躺在被窝里看书。而天井里的雨声似乎更适合读书人。此刻，那一方阳光，正射进来，在天井平时承接雨水的地面上，影成一个平行四边形，我站在那光里，听到阳光的声音，仰头看去，那不着一颗钉子的天窗，此刻正亮着，如古人的眼，看着此刻享受阳光的我。

古屋、古树与山水，成了宜丰之行镶嵌在记忆里的最美田园。

（2016 年 8 月 21 日于新余北湖宾馆）

初识清华

在秋天，到清华园里转一转是福分。借在清华参加培训的机会，我行走在清华校园里，其时，秋虫唧唧声声，叫的长度刚好盖过了马尾松的长度。学校里的新生正在军训，到处是甩正步的人群，恰逢人生的秋天，一个人，沿着清华校园宽阔的马路行走，高大的树木证明着学校古老的历史，一代代学子成长起来。大树好像预示着经国之栋梁，校园里四处可见的青草地，散发着浓郁的清香，夹杂着操场上传来的青春的呐喊，校园在古老与现代之间徘徊。人生有时是个玩笑，我看着一个老教授骑车，他的身后跟着一个骑小车的女孩，看样子像他的孙女。他和她自由地穿梭在清华校园里。我像女孩这么大的时候，还不知道柏油路是什么，但我知道怎么在地瓜沟里爬上爬下，帮母亲插地瓜秧儿。过了知天命之年，在清华的夜晚，在人生的秋天，秋虫唱响清凉的歌谣，让这个校园显得更加空旷起来。

第一顿饭我选择了三个素菜，两个馒头，一份稀饭。我独自在食堂里就餐，旁边是一位校内的保安，我发现他只买了一个鸡腿，一个馒头，一个人在那里悄悄地咀嚼，也许他已经成为孩子的父亲，或者他的老人患有疾病，他靠点滴的节省支撑家用。我想起很多年前在工程队工作的父亲，为了尽快还清借款，他也是很少吃菜，而只是打一份汤就着馒头吃。作为朴素的求生者，只有靠自己的坚韧才能度过难关。

　　我继续沿着夜晚的路在清华校园里行走，马路上不时飞过一辆自行车，又一辆自行车。有依偎着行走的男女，有搀扶着踱步的老人，也有像我一样散漫地行走着的人。清华很大，大的从西边走到东边，感觉很远很远；大到走着走着，你会有迷路的感觉。清华又很小很小，小到每一块石头都有一样的气息，每一位读书人都散发着儒雅的气息；小到每一处景色都写满了绿色与古老，文化与科技。在清华科技园，夜晚的灯光倾泻下来，明暗之中，两个只有几岁的娃

娃骑上正在做俯卧撑的爸爸，把爸爸当马骑。看不到草原，我却听到他们的父亲如马一般的嘶鸣。城市里游玩的田园越来越少，象征性的游戏远离了自然，在清华，我感觉到科技的力量，我也从更多的学者那里感受到文化的气息。记得那一年，在清华听哲学课，一位年轻的哲学老师讲得唾沫纷飞，我和学子们一样听得有滋有味。不知不觉超过了一万步，我没有感觉到累，尽管昨天经过一夜的长途旅行，火车撞击铁轨的声音经常把我震醒，但今晚，我的情绪随着清华校园的灯光摇曳出万般风情。

刘洪强师弟在清华读历史学博士，知晓我来，兄弟说，一定要见上一面。我在清华漫无目的地走，也不辨东西。行进到"苏世民书院"我停顿下来等他的间隙，一棵在中间段分成几个粗大枝条的梧桐树吸引了我。我不知当时种树人为什么这样设计，但这一分，恰恰契合了清华学子多面手的品质。与洪强漫步在清华校园，有别于一个人的行走，洪强即将离开学校，离开这熟悉的校园，而我刚刚与清华校园近距离接触。我俩拥有同样的夜晚，但却对清华夜晚的感觉不同。我赠送给洪强一本我所写的书，那里写着中年人冷静的自我，而洪强老弟正年轻，他需要激情。

离开洪强，我一个人继续慢慢地行走，洪强以为我去欣赏"荷塘月色"了，今天初来清华，不能把景色一览无余。有些风景需要慢慢去品。初识清华，还需要静悄悄的心境。接下来的半个月，清华将会给我怎样的诱惑？我期待着！

（2016年8月22日星期一写于清华紫荆学生公寓18楼435房间）

清华之树

在清华行走，可以当作最好的休闲，路两边的绿让你忘记了行走的疲劳，这里的一草一木洋溢着亲人的味道。在清华学习，我格外珍惜学习外的散步时光，沿着那些说不清名字的小路，做一位舒心的漫步者，实在高妙。

清华园的路因为树的存在，就有了别致的味道。树的品种很多，堪称树的博物馆，高的有银杏、刺槐、松树、柏树，矮的有柳树、苦楝树、连翘，丛生的还有金银花等灌木，更多的树我叫不上名字。仅松树就有雪松、塔松等很多种，行走在校园里，猜树名自是一种乐趣。相同的树可以猜它最初的来源地，不同的树可以分辨叶子之间的差异，在树枝间留恋，树香伴着花开，是校园里的静绿，是静绿中的花红。

一棵杨树，立在路边，华盖如云，树身上有巨大的树疤，矗在那里，一棵已显威武，一排或几排这样的树，沿马路荡开去，你可以想象它们的气势。在清华行走，真不想停下来，那么多可以反复欣赏的风景，那么多让人沉迷的树木！我在银杏树前驻足，猜测一棵老银杏树的树龄，银杏叶已泛黄，在老银杏树的对面，一棵小银杏树悄悄地生长着，她的枝条如新入学的孩子们般柔弱，这棵老银杏树，在秋天的阳光下，好像在微笑着，静看着小银杏树成长。

不愧是百年清华，而有的树木远远超过百年的历史。那棵树干已空的老槐树，那棵树皮裂开的老柏树，怕都有几百年的树龄了吧，它们在校园里，就这样静默着，俨然一位历史老人，面对着校园里的一切，过去与现在。

清华校园里的树，是自由成长的树，树身带着时代的印记，有几条道路上种植的白毛杨，构成威武雄壮的队伍。十年树木，百年树人，这些建园后种植的白杨树，成了清华的一种象征。清华培育的科学家像参天的白杨一样遍布世界各地；行走在清华校园，你会被这些高大的白杨树所吸引，仰望它们，你会想到清华的育人史，也会想到更多只可意会的东西。

法国梧桐树，和中国老梧桐不同，有人说它原本是中国品种，只不过在上海法租界被嫁接后才成了现在这个样子。法国梧桐树树身下端的树皮干裂着，上端的树皮则向人显示着树木清晰的成长脉络，整个树看

上去，犹如穿了迷彩服一般。一根主干在树中段向上形成四五根粗大的枝条，勇敢地扎向空中，是不屈者的象征；成片看去，有点像千手观音。法国梧桐的静美与丰富，在清华校园里可以随时遇到，这种树，会让你联想到同宿舍的同学，毕业工作多

少年，仍然忘不了学校的培养，虽然天各一方，但根始终在一处。如果说法国梧桐以倔强著称，经过垂杨柳与臭槐嫁接的树则像一位天然的艺术家，它们对外的完美与内在枝条的错综复杂完美地统一在一起，成为树的典范。

水边的柳树是最优美的诗歌，夏日遗留下来的蝉鸣还未完全消失，清明的河水流来又流走，这些柳条像美女的秀发，微风中，轻轻荡来荡去，倒映在水中，宛若从天上来到人间。在水中柳条们与白云对话，与鸟儿和鸣，我站在柳树旁边，静静倾听着这声音，生怕打扰了它们，多情的柳丝啊，真是人间的情种。

清华的树种真是数不胜数，爬山虎成为建筑的宠儿，在清华的夏天，红砖房掩映在爬山虎的绿色之中，高大的核桃树、松树、柏树、榆树都在建筑的周围，形成绿色长墙。站在这样的楼房前，你会久久不肯离去；我在荷塘边的公园里坐下来，老槐树的影子完全遮住了硕大的石桌，我双手支着下巴，看近处和远处的树木，犹如置身在原始森林里。清华之美，美在这些数不胜数的树木中。这些树木，自然、舒展，相互帮扶、包容，既保持个体的独立，又彰显整体的气势。在清华，我静静地看着这些树，这些无语的树，突然感觉要有好多话说给它们，在晴空下，在月夜里。这些自然成长而又品质非凡的圣灵，微风荡来树叶的声响，我的整个身子在树的气场中，逐渐舒展开来，树们此刻化为畅游思绪的海洋。

（2016 年 8 月 28 日写于清华校园内）

骑行者

清华校园的骑行者，显示出一种悠然。无论老师还是学生，在校园里，四处可见潇洒骑行的身影。每天早晨，白发苍苍的老师和刚刚入学的学生，骑着自行车，骑行在清华大学的马路上。

在清华，骑行者构成大学校园里的一道风景。有的骑行者故意放慢了蹬车的速度，身心放松成青草的清新模样。清华校园阔大，东西长两公里，南北宽也有两公里，骑行者可以尽情地在马路上穿梭。我看到一位小伙子，双手大撒把，骑行在马路上，我想到青年时期放纵的自己。

在清华，看骑行者的背影，你会叹羡不已。在拥挤不堪的城市里生活，观赏骑行者的那份慢生活，你会感到空旷、淡然，感受到享受生活的幸福。

有时你会发现，一位骑行者肩背书包，急冲冲地赶路。我在清华学习，每天早晨一般六时起床、六点半去吃饭，然后再赶往教室。而本科生早有不少急匆匆地赶到了教室，这些孩子的学习精神着实令人感佩。

急匆匆的骑行者，在追赶着和伙伴儿们相差的时间。清华校园的空旷与层次感，给骑行者观赏风光带来了最佳时机。早晨骑一辆自行车，在校园里穿行是美好的享受。有打扮新潮、骑车而行的小姑娘，带有刚从高中走到大学的那份青涩；胸有成竹的老学长骑车的姿势则多加了几分成熟与调皮。宽大而整齐的马路，给自行车提供了畅通无阻的道路，在绿色中自由地穿行，有时还可展现一下车技。清华大学的这些骑行者，让我想起上个世纪小城市里幽静的马路。假如这些骑行者现在还能自由穿梭在城市的马路上，该是多么美好的一幅画面啊！清华所给骑行者的那悠远的气质，实际上可从骑行者的满足感中充分体会到。他们洋溢在脸面上的那份恬淡，那份欣赏风景的自然，观察者看了，心里也很舒服。

清华大学的骑行者众多，不只有学生，还有老人和载着孩子的妇女。骑行者常对刚入校参加军训的学生行注目礼。也许老生们此刻会为自己的淡然骑行而高兴，他们也曾回想起艰苦的军训。大学生活，苦辣酸甜同在，骑行时的放松，会捡回过去的记忆。

那对骑自行车的情侣，从发型和肤色看，显然来自异国他乡。一边享受着爱情的甜蜜，一边骑着自行车，在清华校园里漫无目的地游荡。异国情侣在清华尽情享受着这样的时光，不知他俩读到"书中自有颜如玉"，该怎样相视而笑；当你看到迎面而来的老教授，骑着破旧的自行车，穿行在清华校园里，定会生出很多感慨，大半生徜徉在校园里，习惯了这里的一草一木。老教授触及清华的早晨、烈日和夜晚，甘愿将自己定格在知识的海洋里，靠学识和才华熬走了岁月的仓皇与寂寞。

清华校园的骑行者，或随意、或恬淡、或焦灼、或老练，荡漾在校园的各个角落，更显校园的博大、静美与自然。

清华校园的每处空间，似乎都能看到骑行者的身影。游动的自行车，是连接过去与现代、今天与明天、历史与未来、校园与社会、高尚与低俗的伸缩器。从骑行者的各类姿势，到骑行者观察事物的神情，足可辨别出，骑行者对清华的那份浓厚的情感。怡然舒展的自然一定是学长，左顾右盼的大概是刚入校的新生，欢快叫喊的或许是东北帅哥，静雅贤淑的莫非是江南女子？每位同学都有骑行故事，不少学子享受过边骑行边聊天的乐趣。骑行者的铃声偶尔会让人觉察出校园里的平静。融入众多师生之中的新生看上去并没有什么超人之处，倘若你一打听，小小的骑行者常是一县或者一省的高考状元，再听那些铃声，晃动的该是各地打擂的风情了。

行车的稚气，急匆匆赶路的焦灼，左顾右盼地对风景的依恋，相互陪伴享受甜蜜的表情，都会给外来参观清华的人几多感叹。

秋天是清华校园里最美的季节，空气的清爽和树木的俊美、挺拔，草地的整洁，都给人一种旷远的境界。倘若你行走在校园里，看那些骑行者与散步的人，一同行走在马路上，静静走着的人们依然闲庭信步，骑车穿行者则保持着骑行的平衡，你会突然涌上一份感动，你真想拥有这种幸福；这时，又有骑行者穿梭而过，白发苍苍的女教授，俊美飘逸的女大学生，沉稳干练的中年教师……

在校园里感受这种美,需要舒缓下来,散步自然是一种格调,但骑行能使眼睛触摸到更多美好的事物。当骑行者的速度恰巧与美好生活相互平衡时,人内心的愉悦会显现出来。清华骑行者的感受,是达观者对生活自然的享受,骑行者在骑行中感受到了朴素的境界。

无数骑行者,从清华校园里,感受到了这份美好。

有时我也想骑着自行车,穿行在这校园里,一直骑行着,不愿意停下来……

（2016 年 8 月 25 日口述于清华园，刘英整理）

北京的秋天

这是一个让人爽朗的季节。武汉的朋友打来电话，说他那里热得出不了门。而北京的一切却进入了爽朗的世界。

这时候，倘若你在清华园里游走。树木平静下来，青草上的露珠也清凉了许多。法国梧桐的躯干闪着银白色，而中式梧桐树，疤节溢满黑色。

天是高远澄明的，银杏叶开始由绿慢慢地变黄。我在等待着它们全部变成金黄，那将意味着这个季节的谢幕。

这是一个让人平静的季节。不少人开始在沉静里梳理自己，心寂静下来，一切不再那么仓促。太阳像一位女领导，柔弱的女性情怀，它的光芒轻柔地洒在你身上。马路上的树荫，也透出少有的清凉。蝉鸣声把天越叫越高远。在酷热的夏天，人们急切寻找奔向这个季节的凉爽通道，几乎用上了一切可以用来降温的东西，可大地依然灼热。而此刻，酷热终于远离，人也好像一下子平静了许多。和春天里的那种热不同，这个季节的人们，似乎更有了通达世界的感觉。我行走在清华校园里，旁边是清凉起来的河水，那池荷花终于亭亭玉立起来，这时候的

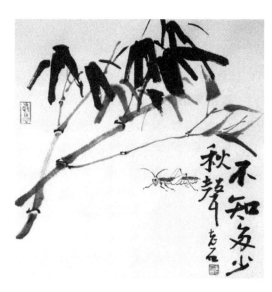

草地，才更像草地，你想躺上去，草地是疏朗的，带着这个季节的气息。缓慢地走，孤独地走，带着清凉地走，在校园里，看着远方的天空，漫无目的地走着，你静静地享受这个季节里的一切。

这是北京最美的季节。一株一株的槐树，从近处排列到远处，从昨天延续到今天。它们在这个校园里，就像终生醉心在校园里的老教授一样，默默享受了几十个春天，度过炎热的夏季之后，它们等来了清爽的季节。有的老槐树真的老了，它们默默地以一种方式，生存了几百年，看惯了世态炎凉，无怨无悔。早晨在校园里走，一切都是静寂的，行人也很稀少。有位满头银发的老教授，静静地坐在草地中间的躺椅上，阳光洒过来，她赤了脚，晃动着，活像孩童一样，她在这个校园里大约生活了一辈子。心态依然像个孩子，脸上泛着幸福的阳光，和大地、青草、树木、古建筑、阳光融合在一起。看到她，你感到草儿也格外清香起来。

午间的阳光似乎提高了一些烈度。但密密的树叶，在这个季节，依然十分顽强。密密麻麻开放在枝桠之间的叶子们，摇曳在马路上。学生们在树荫间穿行，偶尔的阳光洒在脸上，梳洗着他们的头与脸，那么生动。新入学的孩子们，也行走在宽阔的马路上。刚刚脱离开父母，脱离开故乡，脱离开藏着欢笑的高中校园，清华用舒展的身姿迎接他们。

在这个季节的午间，沿着校园里的公路行走。高大挺拔的杨树，俊美豪迈的松树，接连起伏的蝉鸣，都会让你感觉到这个季节真如一本藏满丰富故事的大书，等你细读。

你静静地享受这份平静。刚刚过去的夏天，记忆犹新。而此时的校园，天空如一只理性的大手，轻轻抚摸着你。

倘若晚间，凉风习习。在幽深的校园里行走，这时蝉鸣已停息，偶尔听到一两声鸟叫，鸟儿总会以独特的方式来宣告一天的结束，就如它们以早晨的鸣叫呼唤来黎明一样。

这是春天里所没有的冷爽。这是难得的清凉，是酷热之后的清凉。不像春天慢慢热起来的空气，会让你的心情涌出更多烦躁。在这个季节的校园里行走，无论是早上、中午，还是晚间，都会获得一份惬意，几多舒畅，心情爽朗极了。仰望天空的沉静，你会为周围的景色所迷醉。

你不忍心在校园里不停地行走。你很希望在某一个地方停顿下来，看一棵树，再看另一个棵树。享受这一段独特的人生。

北京的这个季节，是一个人从中年迈向老年的过渡，是酷热与寒冬之间最完美的交接。

我愿意在这个季节里定格成一枚金黄的银杏叶，装点大地。

（2016 年 8 月 26 日口述，刘英整理）

荷塘日色

借着清晨的静，从清华大学西门走进校园，听鸟儿欢快地在树梢间鸣叫，一位沉静的老人，全身沐浴在阳光下的草地上；晨阳是清醒的儿童的脸，照着青草上的露珠亮闪闪的；垂杨柳沿着那条路，往前跑去一排，如迎接你的礼仪小姐；隐没在树影中的亭子清晰起来，垂钓的老人与中年人，木偶一般，坐在岸边。蜿蜒而去的河岸包围着一池的荷，靠近岸边的荷叶匍匐于水中，渐远了，荷叶越来越大，越长越高，至无人的彼岸，已是小树般的立成一把伞了；沿着这河岸，轻轻地走，水从湿地里挤出来，你变成荷，立在那一会儿，光从树梢的顶端分散

出更多的芒刺，洒在荷叶上，有晨露一滚，青蛙跳跃一般，钻到水里去了，池水荡起涟漪，旋即水面平静如初；慢慢走过荷桥，向南看，荷叶溢满整个荷塘，和有亭子的荷塘相比，这些荷如新富起来的人，举止和打扮全然不顾别人的脸色，它们轰满整个池塘，雄性之美中难以见到一朵荷花；一道堤分开了富人和穷人，疏离的那一池子荷，则如精心过日子的穷人们，水一半，荷一半。荷中有水，水中见荷。岸边的土路已被池水洇湿，有葛藤形成凯旋门，从这门下穿越而过，可见狼尾巴草与狗尾巴草相间而生，再走几步，豁然开朗。近处的是浓密的芦苇、水葫芦，中间是垂杨柳倒映的水面，远处是稀疏的荷，荷叶簇拥的中间，是高洁的荷花，偶尔的一朵，成为久渴后所见的一杯澄明的水。荷花在晨光里，欲笑还羞，走几步，那荷花就隐没在荷叶里了，那一刻，你想哭。阳光是静美的，荷叶是平和的，池水也是包容的。你不由地放慢了脚步，生怕惊扰了这静美。

看过爬山虎覆盖的古老红楼，拍一朵紫色的牵牛花，踱步到水木清华的时候，那满池的荷花已仰着笑脸等你了。我记得那天，我从另一个入口走进来，正是下午，游人方盛。透过巨石，看半池子的荷依偎在北岸，荷花散落其间，有静有动，一对新人正在拍照，新娘子着一身白纱，犹如荷花仙子，在绿叶红花之间，在蜿蜒的小路与静默的巨石之中，这对新人与这景色融为完整的一体了。沿南岸曲径西走，斜歪到荷塘里的柳树荡出的柳丝像个调皮鬼，不时撩动池水，撩动睡在水面上的荷叶，撩动这一池塘的黄昏。夕阳之光射在水面上，一池子的温暖，回应着初秋的凉意。再往前走，西北角的小型瀑布，发出哗啦哗啦的水声，一对恋人在瀑布旁的椅子上，幸福成荷和荷花的样子。那位喜欢描绘荷塘月色的老人的塑像，掩映在荷叶深处，没有阳光洒在他身上，他要等待月光的到来。而今晨，我侧面看他，日光已经洒满了他的全身，似乎能觉察到他的微笑。

从西往东走，晨阳是最好的心理调节师，你走，它陪着你，驱逐着初秋的凉，让这荷塘氤氲在暖意里，让你对那绿多了一层理解。蹲下来，迎着阳光拍那绿色，荷叶的两面都能呈现在熹微里。荷花懒散了外面的花瓣，里面的花瓣如伸着懒腰的初醒的少女，一切好像刚刚醒来，水里的倒影也像刚打开门扉的店铺，一切悄悄动起来了。往前走，回望那一池的荷，竟都醒过来了。恋恋不舍这一池荷花，荷塘边上的巨石、幽径、倒影。此时游人稀少，趁阳光未普照万物之前，我离开了这一池荷塘。辗转在古旧楼房前，往前走，再往前走，总觉那一池荷塘跟着，我知道那一池暖阳中的荷，就这样沉浸到内心深处去了。

（2016 年 9 月 1 日星期四写于清华大学）

告别散文

明天是中秋节，今晚的微信格外热闹，祝贺的很多，我陷入回复与不回复的尴尬之中。不回复，明显的失礼；而回复，我的时间，一晚上的时间就被无情地切割掉了。

我猛然想到，自己也曾是如此冷酷地切割掉了别人的时间。在无数个节日，在互相问候中，在不需要问候的时候，我蚕食了别人的时间。我开始固执地关上了手机，在微信圈里向朋友们统一发出问候，我发

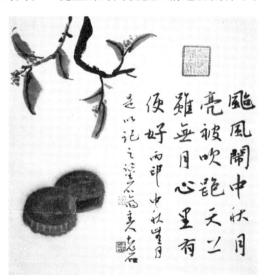

现这样的"好心"也会让朋友们的时间流失。猛然回想我三十余年的写作，一直停留在自我的境界里，自言自语，而后把这些文字推向世界，这种推销，无异于侵占别人的领地，是在疯

狂地掠夺别人的美好时光。这样写作，洋洋洒洒、自以为是的好多年。把月儿羞涩在云朵里，以至于今夜漆黑。

需要反思一下这种创作的意义，需要改变这种写作的方向，或者说，为了自己的写作，不如说算不上写作。

决定自今日起离开散文创作，离开言必称"我"的写作方式，不要用语言的利器来刺杀别人。侵占别人的宝贵时光，让读者倾听祥林嫂一样的叙述，是长期围绕自我写作的悲哀。

自己框定的写作园地需要彻底打破，需要走出去，需要换一种思维方式去做更大的努力。当你的眼光更多地面向值得你悲悯的人物，当你面对这个世界上值得思考的事物，你或许会远离自我塑造的家园，为众人寻找更静美的家园，远比自己装饰自己的家园重要。

在万家团圆的时刻，我在喧闹的北京街头，看到一位乞丐，双脚扎上了塑料袋，裤裆里露出他的阳具，左右自由地甩着，他毫不羞涩地行走在北京的大街上，推着破旧的小车，那满脸的大胡子映衬着他的满脸沧桑，犹如一位行为艺术家。那一刻，我不知道自己该怎么样去帮助他。我是该提醒他换一条裤子，还是给他买一双鞋？抑或帮他推一推车子，与他一路说说话？或者这一切他根本都不需要？我跟着他后面，走出去很久很久，我想着，如果他就是我，我该怎样？我完成了一种内心深处的表达。他在喧闹中孤独着，我在孤独中追逐着喧闹。其实他的镜像给了我更多的思考，在一个需要漂泊者提醒的城市，多少人失去了自己的精神家园？而我曾经痴迷于一个人精神家园的狂欢。

需要重新审视自己的写作历程，向那些纪实性写作的作家们致敬，无论他们撰写的是报告文学还是小说。因为他们的眼睛不仅仅在注视自己，他们的眼光瞥向了整个世界。即使偶尔出现的自我，也不是单纯的自己，而是万千生活中人物的自然镜象。我需要从自我的写作圈子里逃出来，与自己以往的写作进行完全的切割，勇敢抛弃曾经的自己。这是一道非常明显的分水岭，是缱绻中的决绝。

自今日始，我的写作要彻底抛弃自我，眼睛向外，再向外。面向大众，面向自然，面向这个纷繁的世界。我跟着那个推车的乞丐走出很远很远，没有人搭理他，只有我的眼睛一直追寻着他不紧不慢、晃晃荡荡的影子。我没有读懂他，他为什么这样执着地走下去，但我明白了我自己。我知道，我需要从今天起，走出自己的内心，去关注别人的世界了。而微信圈里的问候，中秋节的礼仪，自然大都可以省略掉，节省下来的时间，可以用来大段地描摹别人的世界，描摹这个世界上更丰富的东西，这是解救我自己的最好道路。

我突然有了如释重负的感觉！心中的那一轮明月照亮了外面漆黑的世界，让这个平静的夜晚更加平静。

（2016 年 9 月 14 日于光大花园）

我为什么要做一个作家（代后记）

　　文字是语言的载体，而这个世界上有形形色色的语言。没有声音的语言，给人内心的冲撞更大。电影自从有了声音，就缺乏了无声电影的表现力。我在秋冬之交的某一天，突然感觉到大地也拥有一个按钮，她在执掌着四季的变幻。最近一段时期，总喜欢做一些奇奇怪怪的梦，其中一个梦境所显现的画面，就是大地睁着一只眼睛，竖立着，惊骇的我一个上午没有言语。这个世界上，人类的话语太多了，多得让我们无法呼吸；大地睁开了她的一只眼，那只眼让我十分不安。

　　我为什么写作，或者说我为什么要做一个作家？在所谓正能量的人眼里，这个世界充满了美好；而在仇视者眼里，这个世界充满了邪恶。拥趸鲁迅的人们和反对他的人各不相让，文学则是一潭湖水，醍醐的人也来，喜欢干净的人也来，天鹅也来，黄鼠狼也来。人们需要文学之水喂养自己，无论他是什么动物，在这个世界上，文学是最廉价又是最高贵的礼品。

　　那是属于一个漂泊者的日记，那是一段并不寂静的时光，曾经拥有爱情与反爱情，传统与超越，腐朽与创新。一切远去了，一切又好像在眼前。在黄土地与城市之间，在历史与现实之间，在糟糕的当下与未来之间，我是一位在乡间土路上骑自行车的青年。倒锥形水塔是我接触的唯美的构筑物，我和建筑人员一起建造了它。那时，作为最天真的技术员，一位为一个项目竣工而雀跃的建设者，我的心境十分宽阔。当我沿着欢快的路线向前走，却越来越感觉到心情的沉重。我由一个尊崇建筑的建设者，到一个声讨混凝土罪恶的人，或许是一位工程技术人员的心路历程使然，也是一个写作者逐渐演变的精神轨迹。

当城市的热岛效应和雾霾遮蔽引发我的心灵拥堵，当一个建设者的自豪被冬天里在京城行走的无奈所代替，我为一个建设者的追求而默默自卑。我们自认为建设了一个美好的世界，却让自然越来越远离我们。现代生活的诸多异化没有一项不是因为人们的美好愿望而引起，而作为一位自以为是的技术人员，这样的努力往往是徒劳的；作为一位领导者，或许您的影响力会在一个小范围内改善处境，但大多数人会围绕着眼下的生存得过且过。哪怕一次微小的改变，只要不关联自己的生活，也不会去过问。当社会出现问题时，更多的人喜欢去指责别人而从来没有检讨过自己。在越来越讲究民主的世界潮流中，自私的人却越来越多。有的企业家则成为新时代的暴君，而没有一点反思的勇气和改进修养的可能性。这时候，我难以把握自己是怎样的一种人，或者说，自己就是糅合了多角色的一个生命体。但我感觉到文学对于自己和这个社会的必要性。

城市已经让我们失去了乡村，失去了土地，失去了植物的气息；而农村，空巢现象呈现老人缺乏赡养，儿童失却照顾，乡村伦理遭到破坏。现代化的推进过程中，为什么我们越来越感觉到诸多茫然。我，一个本来祈望在干净之境中守望一片精神领地的作家，又怎么能平静下来？

在这个虚伪盛行的世界，作家的虚伪比普通人的虚伪更加可怕。因为虚妄的炉火不能满足人们温暖的需要，倒会给人吸食鸦片后的挣扎。作家的文字倘若是精神鸦片，他（她）给人带来的或许仅仅是一时的欢愉，而欢愉之后是无尽的痛苦。这样的作家不做也罢。我的力量或许微弱，但我力争不去做一个虚伪的作家，迎合的作家，无聊的作家。

我的作家生活开始于自我安慰的需要。在工程队飘零的日子，这是除了酒之外最好的精神抚慰方式。在作品里想家，在日记中表达对一位美女的倾慕，在生活的推进中赞美世界上更多美好的侧面，文学就让一个人的日常生活丰盈起来。工程队的闲碎时光适合零碎的表达，我于是选择了散文写作。从最初的自言自语，到网络兴起时在论坛博客中的舞文弄墨，再到出售一本本散文著作，我完成了一个写作者最原始的蹒跚之路。

回过头来反思自己的写作，我时常询问自己，为什么写作？写作的动力何在？写作的意义在哪里？ 2015 年 6 月 1 日，我开办了一所戴荣里原生态文学院，先后在全国招收了一百多位学员，时常有同学也问我类似的话题。如果去追问更多的作家，我想他们的回答一定千奇百怪。而我也很难用一句定性的话语来回答这样的提问。因为文学已经融入了我的血液，更多时刻，文学，让我度过了很多关口；文学，让我自我救赎。

我不能说我对文学的爱好没有私心杂念，最初的写作或许是为了改变在工程队的艰苦生活。事实上，只有技术员的经历让我的物质生活有了改变，而文学作品所换来的只是我精神的安慰。当时光越来越抵达人生的终点，这种需要就越来越强烈。我爱文学，我写作，构成了一种需要，一种精神或者说生理的需要。

因为后期学习的需要，我的关注点近年来开始转向一些社会问题和科技问题。我时常纠结在科技与自然的矛盾之中。当现代科技的成果让人越来越感受到生活的便利之时，我们却与自然之美增大了距离。文学作为填充，或者作为桥梁，让我的精神世界获得一块栖息地，我不知道怎样去感谢文学。我痴迷于原生态文学的根本原因，就在于希望更多的人在现实挣扎中找到自我救赎的通道。

　　写散文写了这么多年，也没有切实的成就；这本《秋辞》算做一次总结，也宣告对散文的临时告别。文字的哀怨我没有学会，却学会了在文字中寻找真实的自己，那个贴近自然、回归田园的自己。之所以取这个书名，一则年龄步入了人生的秋天，需要进行小结，提提神，看看路，走好余生；再就是借此做个转折，开始长篇的写作。感谢"红旗在国企高高飘扬"主题活动工作室，承蒙红旗出版社诸位师友和中国国资国企产业创新战略联盟李海先生的推举，将这篇散文集付印，让我在这个雾霾依然浓重的秋天，有一次与红叶相互映衬的留影。

　　感谢大地，感谢大地赠予我的那一抹红色，天然、纯净，没有装饰的痕迹，在无情的混凝土墙壁前，它依然笑得那么真情！

　　也许就是为了这一抹真实的红叶，我选择了做一个作家。不管你信不信，反正我信了。

（2016 年 10 月 31 日于北京翠城馨园 E 区 9 号楼游燕斋）